AF219770

Oliver Erhorn

Im Schatten der Blutbuchen

Eine Horror-Novelle

Impressum
Oliver Erhorn
c/o Block Services
Stuttgarter Str. 106
70736 Fellbach

Bibliografische Information der Deutschen
Nationalbibliothek:
Die Deutsche Nationalbibliothek verzeichnet diese
Publikation in der Deutschen Nationalbibliografie;
detaillierte bibliografische Daten sind im Internet
über http://dnb.dnb.de abrufbar.
© 2023 Oliver Erhorn

Cover: schl4fmuetze – schl4fmuetze.com

Herstellung und Verlag: BoD – Books on Demand,
Norderstedt
ISBN: 978-3-7568-8858-0

1

Er beobachtete den Fremden, der von der Teerstraße abbog und nach einigem Zögern und mit leerlaufendem Motor seinen Weg auf der steinigen Waldstraße fortsetzte. Das war der Weg zu *seinem* Dorf und *er* mochte nicht, dass dieses Auto hier entlangfuhr. Der Gestank der Abgase brannte in *seiner* Nase und *er* war sich sicher, dass der Fremde nichts Gutes im Sinn hatte.

Er blickte dem Auto hinterher, das in dem dichten Buchenwald immer weiter verschwand. Einige der Bäume besaßen eine graue, glatte Rinde, saftig-grüne Laubblätter und ragten knapp vierzig Meter hoch in den Himmel, wie normale Bäume es in einem normalen Wald immer tun, wenn sie nicht von einem Holzwurm befallen sind. Es waren gute Bäume, aber *er* war auf ihre Brüder besonders stolz. Die grauen Rinden dieser Kolosse waren von fuchsroten Adern durchzogen und die Blätter wiesen eine Färbung auf, die an das Innere von köstlichen, rotfleischigen Pflaumen erinnerte. Jeden Tag erfreute *er* sich aufs Neue an den wunderbaren Farbspielen.

Doch am meisten gefiel *ihm* das Harz, das *er* so gerne trank. So gerne, dass *er* gar nicht genug davon bekommen konnte.

Es war Montagmorgen und *er* hatte Hunger.

2

Eine ungeschriebene Regel besagt, dass es in einem Dorf mindestens einen Sonderling gibt, der in einer ranzigen Baracke fernab von einer funktionablen Straße wohnt. Ein ungewaschener Kerl mit dichtem Bart, in eine stinkende Wolke aus Alkoholduft gehüllt, der bereits dreißig Meter gegen den Wind in der Nase brennt.

Die winzige Gemeinde Ennersberg, weit versteckt vor den Städtern und ungemütlich genug, um jeden Touristen abzuschrecken, war umgeben von einem dichten Buchenwald in einem dünn besiedelten Abschnitt Deutschlands. Sie bestand nur aus solchen merkwürdigen Gestalten. Die Wohnhäuser waren modrige, krumme Hütten, die sich wild verstreut an einer Pflastersteinstraße reihten, und auf den Einsturz warteten. Niemand wusste mehr, wann sie gebaut worden waren und wer sie gebaut hatte und trotz ihres morschen Aussehens hielten sie jedem Wind und Wetter stand. Sie waren genauso stur, genauso altmodisch, und genauso hässlich, wie die Einwohner, die im allgemeinen Konsens als Hinterwäldlerpack galten – das sagten sie sogar von sich selbst, nicht ohne Stolz.

Strom und fließendes Wasser waren hier rar. In den Siebzigern war zwar eine überirdische Stromleitung gelegt worden und offiziell hieß es, dass bei einem Sturm mehrere Pfosten abgeknickt

8

seien, aber einige wenige, mittlerweile sehr alte Ennersberger wussten, dass sie wie Bäume abgeholzt worden waren. Die Bewohner hatten es verkraften können und scherten sich nicht drum.

Für ihren Unrat hatten sie vereinzelte Plumpsklos mit tiefen, stinkenden Gruben ausgehoben, deren Inhalt sie nutzten, um die kleinen Beete, in denen eine Vielfalt an Gemüse- und Obstpflanzen gediehen, zu düngen. Wenn man genau hinsah, entdeckte man sogar den ein oder anderen Nussbaum. Ein kleiner, aber wilder Bach versorgte sie mit Trinkwasser und einer Möglichkeit, ihre Wäsche zu waschen. Ein rostiger Transportwagen parkte am hintersten Haus, den der Kaufmann Gert alle zwei Wochen aus seiner Scheintotenstarre erweckte, um in die nächste Stadt zu fahren und das Dorf mit Nahrung, Kleidung und Werkzeugen einzudecken, jedenfalls tat er das, wenn der verdammte Motor nicht wieder ächzte und knatterte und kläglich im uralten Öl ersoff. Mehr Wünsche hatten die Ennersberger Bürger nicht; mehr brauchten sie nicht.

In der Gegend kursierte seit Jahrzehnten eine Spukgeschichte, die besagte, dass einst ein Stadtarchitekt eine Wasserleitung nach Ennersberg hatte legen wollen. Er war von Büromenschen, die fernab der Realität in ihren Pools lagen und Cocktails aus mit Ananasscheiben bestückten Gläsern nuckelten, beauftragt worden. Der Mann

9

wollte nur seinen Job erledigen, wie alle Arbeiter ihre Jobs erledigen wollten. Ein altes Dorf mit Wasser zu versorgen, ohne dass die Ennersberger dafür etwas zahlen brauchten, ja, nicht einmal einen Nachteil davon trugen, war ein Angebot der Büromenschen gewesen, das man von derartiger Brut gar nicht erwartet hätte.

Der Mann war allein zum Dorf gefahren, mit seinem Messwerkzeug und all den ganzen Apparaturen in Taschen und Koffern fein säuberlich verpackt.

Er war nie mehr gesehen worden.

Einige wenige behaupteten sogar, er wurde von den Ennersbergern verspeist; sie hätten ihn, an einem rituellen Hinterwäldlergrillplatz, auf eine Stange geschnürt und ihn wie ein Schwein über dem Feuer gebraten, ihn säuberlich in Scheiben zerschnitten und mit einigen Laiben Roggenbrot und in Honig gerösteten Karotten genüsslich verzehrt. Aber nicht nur, um den Hunger mit Menschenfleisch zu stillen, sondern damit die Lebenskraft des fleißigen Mannes in die Bewohner selbst überging.

So lauteten jedenfalls die Gerüchte.

Ein paar Polizisten hatten die Ennersberger befragt und auch nach dem Fahrzeug des Architekten gesucht, aber die Leute wussten nichts, das Auto wurde nie gefunden und auch der rituelle Grillplatz blieb ein Mythos, den man sich manchmal aus Witz, und um sich über die

Hinterwäldler moralisch zu erheben, bei einem abendlichen Bier mit Kumpels erzählte und dann schnaufend lachte.

Markus Baack hatte von dieser Geschichte auch schon gehört, aber in seinen Augen waren die Ennersberger nicht gefährlich. Nur ungewaschen, ungepflegt und ungebildet. Männer trugen verfilzte Bärte und löchrige, dreckige Hosen; Frauen hatten fettiges, langes Haar und picklige Gesichter; Kinder waren über und über mit Schmutz verklebt und bei der Hälfte der Kleinen hingen verkrustete Rotzklumpen unter der Nase, die in der Sonne funkelten wie angelaufene Nasenringe, um die sich weder Kind noch Erwachsene kümmerten.

Anders als der Stadtarchitekt, hatte Markus vor, seinen Job richtig zu machen. Etwas Anderes blieb ihm auch gar nicht übrig.

Seit er seinem Arbeitgeber, einem Kohleenergie-unternehmen namens 'Kohle für die Welt', kurz 'KFDW', bei den letzten Verhandlungen für ein winziges Vorkommen Millionen gekostet hatte, stand er auf der Kippe. Und natürlich wurde er zur Strafe, oder '*um zu prüfen, ob die Arbeitsqualität von Herrn Baack der Kohle für die Welt GmbH ausreiche*', wie es sein Chef ausgedrückt hatte, an den furchtbarsten Ort der Welt geschickt, um mit den stursten Menschen der Welt zu verhandeln.

Ein falscher Schritt und seiner Kündigung stand nichts mehr im Weg. Ein falscher Schritt und er verlor seine Ehe und seinen Sohn.

11

»Wir wollen das nicht!«, schrie einer der Bärtigen, der so aussah wie alle anderen, als Markus mit seiner Präsentation fertig war. Bevor der erste Hinterwäldler sein Maul aufgemacht hatte, war er eigentlich ganz zufrieden mit sich gewesen. Zwar hatten die Bewohner hin und wieder im Flüsterton mit Sitznachbarn geredet und ihn mit düsteren Blicken beäugt, aber sie hatten brav zugehört und ihn nicht unterbrochen. Er hoffte, dass der Gegenwind nicht zu groß werden würde. Dann hätte er nämlich ein großes Problem.

»Der Wald gehört dir nicht!«, brüllte ein anderer.

Markus stand in dem Ennersberger Rathaus hinter einem morschen Pult. Jedenfalls war es das, was die Ennersberger ein Rathaus nannten; ein zweistöckiges Gebäude, dessen Tür schief in den Angeln hing und irgendwie unmotiviert, sogar fast traurig aussah, als hätte sie jeder Lebenswille verlassen. Eine Tür war nur so gut, wie sie schließen konnte, und diese Tür schloss nicht sehr gut. Ein stetiges Windpfeifen drängte sich durch die Lücken ins Zimmer, sodass es niemals komplett leise war. Die Holzwand hinter Markus strahlte durch die Projektion seines tragbaren Beamers weiß und kalt und zeigte eine komplexe Abbildung, die den Zeitplan für das Dorf und ihre Bewohner beschrieb.

Die Ennersberger saßen auf lehnenlosen Bänken in Zweierreihen und starrten zu ihm nach vorne, wie in einer Kirche. Vielleicht wurden hier auch Gottesdienste abgehalten. Markus hätte es nicht überrascht, wenn die Dörfler veraltete Freikirchler mit altmodischen Ansichten wären.

Er stand mit geradem Rücken hinter dem abgenutzten Katheder und hatte seinen Laptop vor sich liegen, auf dem das Textdokument seiner Rede und der Vortrag geöffnet waren. Der Beamer surrte leise, er lief auf Akku, eine Stromversorgung war hier nicht möglich.

»Dieser Wald hier, in dem Ennersberg erbaut wurde, gehört dem Land, wie ich Ihnen gezeigt habe«, sagte er ruhig, öffnete eine Karte von Ennersberg und dem umliegenden Wald und fuhr mit seinem Zeigefinger über die Wand.

»Du bist nicht das Land«, sagte eine Frau. Eine ihrer Brüste lag frei und hing, wie ein abgenutzter, lederner Trinkschlauch, nach unten, während das Baby auf ihrem Arm schon längst eingeschlafen war. Neben ihr saß ein Junge mit einer dicken Warze auf dem verklumpten Riechkolben, der wohl ihr Sohn war, und glotzte auf den Boden.

»Ich bin nicht das Land, das ist richtig. Aber ich bin im Namen des Landes hier. Und dort wurde festgelegt, dass der Wald abgeholzt werden muss, um die kostbare Kohle abbauen zu können. Ihr werdet gut entlohnt werden, dafür, dass sich die Gegend so sehr verändert.«

»Wir wollen dein albernes Geld nicht«, sagte ein Bärtiger, der so aussah wie einer der anderen.

»Pfui! Uns so bestechen zu wollen«, murrte die Frau mit dem Baby und spuckte einen milchigen Brei auf die Dielen.

Markus presste seine Lippen zusammen und strengte sich an, den Ekel, den er bei diesen Menschen empfand, nicht zu zeigen.

»Hört mir bitte zu«, fuhr er fort, versuchte sanft und verständnisvoll zu klingen. Dieses Gespräch hatte er schon viele Male geführt, aber noch nie waren die Zuhörer so abstoßend gewesen wie hier. Diese Menschen waren doch alles Idioten. Dass die Präsentation sie nicht überzeugt hatte, verwunderte ihn nicht. Die verschiedenen Folien zeigten viel zu viele Wörter, viel zu viele Zahlen und Tabellen und die Hälfte der Anwesenden konnte vermutlich nicht einmal lesen. Das hätte er voraussehen müssen.

»Nicht an dir zweifeln«, rief er sich in den Kopf. »Es war eine großartige Präsentation. Die sind schuld, sie sind die Dummen.« Er dankte seinem Unterbewusstsein für die freundlichen Worte und atmete tief durch.

»Das Land hat eure Bemühungen, den Wald zu schützen, natürlich mitbekommen. Dass ihr die Telefonanrufe ignoriert und nicht einmal auf E-Mails reagiert, hat seine Wirkung gezeigt. Deshalb bin ich hier. Um euch zu sagen, dass das Blatt sich gewendet hat. Ihr bekommt ...«, Markus tat so, als würde er noch einmal nachrechnen, obwohl er die Zahlen schon seit Tagen auswendig aufsagen konnte, »... 45.000 Euro pro Bewohner. Auch die Kinder. Und ihr werdet nicht einmal vertrieben. Ihr könnt hier wohnen bleiben und euer Leben nach dem Abbau ganz normal weiterführen.«

So eine Summe war eigentlich ein schlechter Witz, ein bösartiger Täuschungsversuch der Naiven und Unterbelichteten, dafür, dass direkt neben dem Dorf der Wald abgeholzt, eine riesige Grube ausgehoben und mindestens ein Jahrzehnt Kohle abgebaut werden würde, war es nicht einmal ein Trostpflaster.

Seine einzige Hoffnung war, dass die Menschen hier so blöd waren und sein Angebot annahmen. Er hätte mehr Geld als diese mickrige Bestechung angeboten, aber sein Chef hatte ihm eben nur die Freigabe über dieses Kapital gegeben; als Strafe dafür, dass er seinen letzten Job so sehr verhauen hatte.

3

Er hatte vor einigen Wochen in einer anderen Stadt, unter der ein winziges Kohlevorkommen gefunden worden war, einen Vortrag gehalten, um die Bürger zu überzeugen, wie wichtig das Projekt doch sei – für den Fortschritt, für die Menschen, für die Umwelt – und hatte einen Aufstand gegen ihn und 'Kohle für die Welt' verursacht. Markus hatte die richtigen Argumente an den falschen Stellen genannt und als er dann auch die großzügige Summe, die die Bürger als Entschädigung erhalten hätten, falsch angegeben hatte – er übersah eine Nullstelle, sodass die Millionen zu lächerlichen Tausenden wurden –, war es vorbei gewesen.

Seine Fehler. Niemand hatte unterschrieben. Da war nichts zu machen gewesen.

Danach war es für zwei Wochen in den Zwangsurlaub gegangen, in dem sein Chef entscheiden musste, ob sein Versagen wiedergutzumachen war. Seine Frau Inga war in Panik verfallen, als Markus ihr am Abend die schlechte Botschaft erzählt hatte.

»Die ganzen Rechnungen, Markus«, sagte sie. Ihr Gesicht sah emotionslos aus, nur das unterschwellige Zittern ihrer Stimme zeigte, wie sie sich tatsächlich fühlte. »Wie sollen wir das alles bezahlen, wenn du gefeuert wirst?«

Sie saßen in der kleinen Küche, die mit dem quadratischen Holztisch auch als Esszimmer

16

diente, und aßen zu Abend. Sein Sohn Phillip kaute auf einem Käsebrot herum und bekam von dem Unheil, das sich über der Familie ausschüttete und sie unter Sorgen und Angst begrub, nichts mit. Gedankenversunken biss er noch ein Stück Brot ab und spielte mit einer einsamen Tomate herum, die auf seinem Teller herumrollte. Markus' und Ingas Teller waren leer. Beide wagten es nicht, etwas zu nehmen, bevor die Sache geklärt war, damit man sich später nicht die Vorwürfe machen konnte, man hätte ja lieber etwas gegessen, anstatt sich mit dem Problem auseinanderzusetzen und sei sowieso unfähig am Familienleben teilzunehmen und sei ein Kleinkind, das nicht an die Zukunft dachte, obwohl auf dem Tisch Brotscheiben, Salzbutter, Gurken, Tomaten und Aufschnitt angerichtet waren.

»Ich werde nicht gefeuert«, antwortete Markus.

»Woher willst du das wissen?«

»Ich habe es im Gefühl.« Es sollte beruhigend klingen. Ein Gefühl; das konnte alles bedeuten und eine andere Frau als Inga hätte es sicherlich dabei belassen, ihrem Mann vertraut und eine Scheibe Brot mit Frischkäse beschmiert. Die Frau, die er geheiratet hatte, war allerdings Inga und Inga vertraute ihrem Mann schon seit Langem nicht mehr.

»Dein Gefühl?« Sie schnaufte verächtlich und starrte ihn mit einem Blick an, den er niemals wieder vergessen konnte. Das blaue Grau – oder graue Blau, so sicher konnte man es nicht sagen – strahlte weder Verständnis noch Vertrauen, und schon gar nicht Liebe aus. Ein kalter Strahl aus purer Verachtung für ihren unfähigen, bald arbeitslosen Mann drang tief in seine Seele ein. Ihr Blick stach, wie ein unsichtbarer Dolch, auf den Mann ein, den sie vor vielen Jahren – leider – geheiratet hatte, und der nicht einmal für sie und ihren Sohn sorgen konnte. Ein Versager, ein Nichtsnutz und dann auch noch der Vater ihres Kindes, wie auch immer das passiert sein sollte.

Seit dem Gespräch verging kein Tag, an dem dieser Blick nicht vor ihm aufflackerte, dunkel und hasserfüllt, und er nahm ihn sich als Ansporn, alles zu geben, damit sie nie wieder Grund finden würde, ihn so anzustarren.

»Nenn es Gefühl oder Unterbewusstsein. In meinem Bauch drin, irgendwie. Ach, ich weiß auch nicht. Schwer zu beschreiben.«

Ein weiteres Schnauben, dieses Mal punktierte sie es mit einem Augenrollen, wohl wissend, wie verletzend ihr geliebter Ehemann das auffassen würde, denn es war auch verletzend gemeint.

»Wenn du ein so großartiges Unterbewusstsein hast, das dir alle Dinge richtig vorsagt, warum hast du es dann in diesem Ausmaß verbockt?«

Markus zuckte mit den Schultern und starrte auf seine Hände. Er versuchte seine aufsteigende Scham irgendwie zu vertreiben, stierte förmlich auf seinen linken Daumen, bemerkte, dass er etwas

18

dicker war als sein rechter, hoffentlich war es nichts Ernstes, na ja, vielleicht war es auch nur eine Einbildung, und hoffte, dass Inga es nun gut sein lassen würde, denn die Antwort auf ihre Frage, war ganz einfach. Alles seine Schuld. Wie immer.

»Hättest du weniger im Weg herumgestanden und hättest dich vorbereitet, dann wäre das nicht passiert. Aber nein, natürlich bist du hingegangen, hast den Leuten irgendetwas erzählt und vom Himmel heruntergelogen und jetzt wunderst du dich, dass es nicht funktioniert hat. Vorbereitungen sind in deinem Job das A und O, Gott, dass ich dir das auch noch sagen muss. Immerhin hast du es geschafft, den Tisch zu decken. Und sogar hier fehlt meine Leberwurst, Markus, unterstes Fach im Kühlschrank, hinter dem Blaubeerjoghurt, wie kannst du nur immer alles übersehen? Als hättest du nur Luft im Kopf.«

So etwas ließ er sich nicht gefallen. Markus stand ruckartig auf. Die Stuhlbeine jagten durchdringende Schreie durch die Küche und Phillip zuckte erschrocken zusammen, die Tomate fiel auf den Boden und rollte unter einen Schrank, wo sie noch einige Wochen lang liegen blieb, bis sie gefunden und entsorgt wurde, in der Zeit allerdings derartig verfault war, wie Ingas und Markus' Ehe.

»*Du* hast gesagt, ich verbringe zu wenig Zeit mit Phillip! Und dann verbringe ich Zeit mit ihm und dann ist das nun auch wieder nicht recht?«

»Ja, viel zu wenig Zeit! Du bist ständig am Arbeiten. Und wenn du gerade nicht arbeitest, bist du mit deinen Kumpels unterwegs. Jedenfalls sagst du das immer, wer weiß, wo du dich eigentlich herumtreibst...« Sie zeterte mit ihrer schrillen Stimme, die seinen Ohren wehtat und das Mark im Knochen erkalten ließ. »Und *wenn* du mal was mit Phillip machst, dann guckt ihr Fernsehen und du stopfst ihn mit Süßigkeiten voll, dabei haben wir doch Regeln aufgestellt, an die du dich halten musst. Aber natürlich; in ein Ohr rein, zum anderen raus, nie hörst du mir zu und wenn du mir zuhörst, dann schreist du mich an«, schrie sie.

»Inga, es reicht!«, brüllte Markus zurück und schlug mit seiner Rechten auf den Tisch. Seine Frau wurde still.

Phillip stand auf, nahm sein Brot und ging auf sein Zimmer, um in Ruhe weiterzuessen. Er kannte das alles bereits. Später würde seine Mutter oder sein Vater die Tür einen Spalt weit aufschieben und ihr ermüdetes, schuldbewusstes Gesicht hindurchdrücken, um etwas Entschuldigendes zu murmeln und ihm Pudding oder Eis anzubieten. Er nahm die Bestechung immer an, geredet wurde allerdings nie, aber es ging in dem Streit oft um ihn und er fragte sich jeden Tag, was er denn falsch gemacht hatte.

»Kannst dir deine Leberwurst selbst holen«, murrte Markus, beobachtete Ingas bebende

20

Lippen, setzte sich wieder und fing an zu essen. Und damit war der Streit geklärt gewesen.

Nach den zwei Wochen Urlaub hatte er im Büro des Chefs noch einigen Anschiss bekommen, gefolgt von einer allerletzten Chance: Ennersberg.

Seit er den Auftrag erhalten hatte, redete er sich ein, dass er den Bürgern von Ennersberg diese geringe Summe einfach nur schmackhaft machen musste. Um jeden Preis. Es war schwierig, aber möglich. Eigentlich war er einer der besten Redner, die 'Kohle für die Welt' hatte, und hatte im Laufe seiner Karriere schon viele Dörfer überzeugt, ein lächerliches Angebot zu akzeptieren. Das lief dann meistens so ab, dass dem Bürgermeister oder Ratsmitgliedern viel, den Bewohnern allerdings wenig gezahlt wurde. Die wichtigsten Unterschriften kamen auf diese Weise sehr schnell zusammen. Nur in Ennersberg fehlte der richtige Ansprechpartner.

Bevor er nach Ennersberg gefahren war, hatte Markus seiner Frau versprochen, dass er Erfolg haben würde. Sie hatte nur stumm genickt und war bei dem Versuch eines Kusses zurückgewichen.

»Beweis es«, hatte sie gefordert. »Lass dich hier erst wieder blicken, wenn es funktioniert hat.«

»Ich verspreche es«, hatte er erwidert. Dann hatte er seinen Sohn umarmt, Inga zugenickt und war gegangen. Sein Herz war fast zerbrochen, als er Phillip gesehen hatte, wie er sich an ihr Bein gedrückt hatte und hatte sich geschworen, alles für seinen Sohn zu tun.

Und jetzt stand er hier vor den Hinterwäldlern, weit entfernt von der nächsten Stadt, nur mit seinem viel zu modernen Laptop bewaffnet und hatte die beste Präsentation seines Lebens gehalten, aber war sich seiner Fähigkeiten auf einmal gar nicht mehr so sicher. Bürgermeister bestechen, klar; einfache Leute mit Millionenbeträgen weglocken, na sicher; das alles lernte man durch die Erfahrung im Job. Aber diesen sturen, stinkenden Stamm an verkümmerten Menschen zu überzeugen, das war vielleicht sogar für ihn und seine Mission zu viel.

»Und zusätzlich ...«, fuhr Markus fort, um die Bewohner mit weiteren Kleinigkeiten zur Kooperation zu bewegen, und ließ bedächtig seinen Blick über die stumpfsinnigen Gesichter der Ennersberger gleiten, »... werdet ihr für die Zeit der Rodungsarbeiten in einem 3-Sterne-Hotel ganz in der Nähe untergebracht. Frühstück und Abendessen inklusive, frische Bettwäsche und mit einem Kinderparadies für die Kleinen.«

Er lächelte und hoffte, wenigstens ein bisschen Vertrauenswürdigkeit dabei auszustrahlen.

»Sagtest du gerade 45.000?«, fragte einer der Bärtigen und stand auf. Sein braun-rotes Holzfällerhemd wirkte durch seinen massigen Körper bis zum Zerreißen gespannt. Lockiges Brusthaar kräuselte sich aus dem Oberteil.

Markus räusperte sich und sah auf seinem

22

Laptop nach. »Ja. Ja, ganz sicher. 45.000, 3-Sterne-Hotel, ja. Eine beachtliche Summe und es wird sich um alles weitere gekümmert. Ihr müsst keinen Finger rühren.«

Mit festen Schritten kam der Hüne auf Markus zu. »Noch so eine Beleidigung und ich schlag dich zusammen.«

Markus lächelte nervös und sog scharf die Luft ein. Die Drohung wirkte ernstgemeint. An so einem Ort wie diesem wurden bestimmt viele Diskussionen wie im Mittelalter mit Fäusten und Prügel geklärt.

»Das ist nun mal das Angebot des Landes. Ich kann gerne noch einmal nachfragen, ob es eine bessere Alternative für euch gibt, sollten Bedürfnisse nicht gedeckt werden ...«

»Drauf geschissen.«

Der Mann stand jetzt direkt vor ihm und überragte ihn um einen Kopf. Er stank nach Schweiß.

»Ja, Schatz, zeig's ihm!«, krakeelte die Mutter mit der freien Brust. Das Kind neben ihr klatschte in die Hände und lachte.

Von weiter hinten rief ein grauhaariger Alter: »Richtig so, Elmar! Zeig's dem Stadtlurchen!«

»Also, irgendeine Lösung werden wir sicherlich finden, damit wir ...«

»Ne, werden wir nicht«, sagte Elmar und baute sich, angestachelt von den zustimmenden Zurufen seiner Freunde und Familie, noch größer vor Markus auf. »Wir lassen nicht zu, dass hier gerodet wird. Nicht für wenig Geld, nicht für viel. Nicht für irgendwelche Hotels mit Frühstück und Schwimmbad. Wir werden hierbleiben und uns weiter um das Dorf und den Wald kümmern. Das haben wir schon seit jeher gemacht. Das hier ist ein heiliger Wald und damit auch ein heiliges Dorf und heilige Dörfer rührt man nicht an. Kapiert?«

Markus' Lippe zitterte kurz. Dieses Scheißdorf war doch keine heilige Stätte. Wie konnten diese Trottel so naiv sein, so verdammt stur? Wie konnten sie hier leben? In ihren verschmutzten Hütten, ohne einen Hauch Modernität und Luxus. Sich ihr Leben lang im Dreck suhlen und keinen Funken Ehrgeiz für ein besseres Leben haben.

Wie?

Er wollte wieder etwas vorschlagen, noch *irgendetwas* sagen, um das Ruder herumzureißen. Für seinen Job, seine Frau und vor allem seinen Sohn. Aber nichts fiel ihm ein, er blieb stumm und vermied Augenkontakt mit dem Hünen. Er wollte ihn nicht noch weiter provozieren und Schläge riskieren. Wer weiß, wie weit diese Penner gehen würden. Den Wassertypen hatten sie bestimmt auch umgebracht, in Scheiben zerschnitten und gefressen, diese Wahnsinnigen.

»Und jetzt raus hier«, sagte Elmar. »Sag deinem Chef, sie sollen woanders graben.«

»I-Ich ...«

»Sofort.«

Markus dachte an Phillip und seine großen,

24

naiven Augen. Was Inga ihm wohl alles für Horrorgeschichten über seinen Vater erzählen würde, wenn sie sich von ihm trennen lassen würde. Bestimmt würde sie das Sorgerecht bekommen, ja, sie kannte sicherlich eine Freundin, die einen Anwalt kannte und dann würde er seine Lebensersparnisse aufwenden müssen, um wenigstens den Schein einer Chance zu haben und trotzdem verlieren und plötzlich ohne Geld, Job und Familie auf den Bodensatz der Gesellschaft aufschlagen. Der einzige Trost würde ihm sein, dass er trotzdem noch besser leben würde als die Ennersberger.

Wortlos packte Markus seine Sachen zusammen und ging an den Sitzbänken vorbei. Er spürte die brennenden Blicke der Dorfbewohner auf seiner Haut. Es juckte ihn überall und fühlte sich so an, als würden unzählige Nadeln auf ihn einstechen. Ein pelziges Odium breitete sich in seinem Mund aus. In seinem Kopf ratterte und ratterte es, um irgendwie eine Möglichkeit zu finden, die Leute doch noch umzustimmen.

Der Große hatte ihm gedroht, und Markus hatte seinen Schwanz eingezogen und war sofort zurückgerudert. Er musste den Spieß umdrehen, musste die Menschen, wenn er sie nicht überzeugen konnte, einschüchtern. Wenn er sie mit Geschenken und der Bezahlung nicht kontrollieren konnte, dann vielleicht mit Angst und Drohungen. Genauso wie dieser Elmar es gerade

25

mit ihm gemacht hatte. Genauso wie es seine Frau Inga schon seit vielen Jahren tat.

An der maroden Haustür drehte er sich noch einmal um und atmete tief durch.

»Wisst ihr was?«, fragte er in die Runde und hob mit unheilvoller Gelassenheit seinen Blick. Der Riese stand noch immer hinter dem Tisch, hob seinen Blick und die Köpfe der Anwesenden drehten sich alle auf die gleiche Weise in seine Richtung.

Triumphierend und selbstsicher grinste er.

Markus hatte eine Lösung gefunden.

In seinem Kopf allerdings strömten destruktive Gedanken umher, die ihn anbrüllten, was für ein furchtbarer Mensch er doch sei, während andere Stimmen riefen, dass es die einzige Möglichkeit war, um seine Familie zu retten.

»Wenn ich durch diese Tür gehe, dann ist es vorbei«, sagte er, baute sich auf und hob sein Kinn. Es war seine letzte Chance und er kam sich furchtbar dabei vor. »Dann wird das Land einfach erwirken, dass hier eine Grube entsteht. Wisst ihr, was das bedeutet?«

Der Hüne am Ende des Raumes brummte etwas in seinen Bart.

»Das bedeutet, ihr habt kein schönes Leben mehr. Eure Häuser werden abgerissen, das Dorf verschwindet, eure Kinder müssen draußen in der Kälte schlafen. Ihr habt kein Geld für Essen oder Medizin, ihr habt keine Möglichkeit, irgendwo

26

sonst Fuß zu fassen. Vielleicht schleppt man euch in eine Großstadt, wo ihr im Ghetto orientierungs- und hoffnungslos Tag für Tag umhertaumelt. Euer Leben ist vorbei, wenn ich durch diese Tür gehe. Außer ihr akzeptiert die 45.000. Das ist die einzige Möglichkeit, wie ihr euer alltägliches Leben mit euren Familien retten könnt. Das hier ist die allerletzte Chance.«

Die Hinterwäldler starrten ihn ausdruckslos an. Sie sahen dümmlich aus und hätten genauso gut eingefroren sein können. Markus zweifelte für eine Weile, ob sie ihn überhaupt verstanden hatten, ob sie überhaupt seine Sprache sprechen konnten. Der Warzenjunge bewegte sich dann doch und zupfte am Ärmel seiner Mutter.

»Werden sie wirklich unsere Häuser kaputt- machen?«, fragte er und weinte.

Seine Mutter schüttelte den Kopf. »Nein, Schatz, nein, das werden sie nicht. Das ist nur ein böser, dummer Mann, der böse, dumme Dinge erzählt.«

Dann kam Elmar auf ihn zu.

»Also?«, fragte Markus und blickte ihm mutig in die Augen, als er vor ihm stehen blieb.

Es geschah schnell.

Er spürte einen festen Druck auf seiner Schul- ter, hörte, dass die Tür sich quietschend öffnete und wenige Augenblicke später lag er im Dreck auf der Dorfstraße. Seine Ellenbogen schmerzten.

»Verpiss dich«, sagte der Hüne. Er sah jetzt

noch viel rücksichtsloser aus als vorher. Für eine Weile starrten sie sich an. Markus ängstlich hinaufblickend, der Große zornig hinabstarrend. Dann drehte er sich um und knallte die Tür derartig hinter sich zu, dass es von den Bäumen einige Male widerhallte.

Fäuste und Prügel. Mehr gab es hier nicht.

Markus rappelte sich auf und strich sich, so gut es ging, den Matsch von seinem Jackett. Dann ging er zu seinem Wagen zurück, den er an der ersten Hütte des Dorfes geparkt hatte, warf seine Tasche mit Laptop und Beamer auf die Hinterbank und öffnete die Fahrertür.

Er stieg ein und schrie.

Es hatte nicht funktioniert.

Er hatte alles verloren.

Alles.

Wie ein Kleinkind mit einem Wutanfall warf er sich auf seinem Sitz hin und her, schrie und drosch auf das Lenkrad ein, bis seine Hände schmerzten.

Anschließend saß er nur noch außer Atem da und starrte nach vorne, ohne etwas zu sehen. Er wünschte diesem verdreckten, ekelhaften Kaff mit seinen abstoßenden, lebensunwürdigen Einwohnern das Schlechteste. Hoffte, jeder von diesem widerlichen Pack würde sein Haus verlieren; ihre Familien sollten zerbrechen; ihr ganzes Leben sollte ausgelöscht werden.

Er wünschte ihnen genau das, was ihn zu Hause erwarten würde. Den Untergang.

Er holte sein Handy heraus und kontrollierte seine Nachrichten. Vielleicht hatte es ein Wunder gegeben. Vielleicht hatte jemand einen Fehler in der Berechnung gefunden und es gab nun doch keine Kohle hier zu finden oder ein neues Gesetz war erlassen worden, das jeglichen Abbau verbot. Aber der fahle Bildschirm zeigte keine Meldungen an; es gab nicht einmal Empfang.

Markus drückte den Schlüssel ins Zündschloss und startete den Motor. Röchelnde, mechanische Laute zogen durch das Auto. Es hörte sich an wie ein krebskranker Roboter.

»Bitte nicht«, flüsterte Markus und versuchte es erneut.

Der Motor stotterte und grölte, aber weigerte sich zu starten.

Markus schlug erneut auf das Lenkrad und schrie. Er stieg aus und trat gegen den Reifen, riss die Motorhaube auf und erstarrte.

Der Anblick erinnerte ihn an den Zustand des Wohnzimmers, wenn seine Frau wieder einmal einen Wutanfall gehabt hatte. Aus dem Motorraum stieg beißender Rauch auf und die kräftigen Rohre waren durchlöchert und zerdellt, Kabel komplett durchtrennt. Eine dunkle, brodelnde Flüssigkeit tropfte auf den Boden und hinterließ eine ölig-schwarze Pfütze, wie ein Miniatursee aus frischem Teer.

»Das kann doch nicht...«, murmelte Markus. »Diese verdammten Wichser.«

29

Er ließ die Tür offen, die Motorhaube oben und stapfte zum Rathaus zurück. Sein Hals hatte sich vor Wut verkrampft und derart zusammengedrückt, dass er kaum noch Luft bekam. Ohnmächtige, pochende Wutschwärze stieg in seinen Blick und verschleierte binnen weniger Sekunden seine Wahrnehmung.

»Welcher von euch Hurensöhnen war das?«, brüllte er in seiner Rage in die Rathaus-Kirchen-Halle hinein, als er die Tür aufriss. Aber die Bänke, auf denen vor wenigen Minuten noch die Hinterwäldler gesessen hatten, waren leer. Nur der muskelbepackte Riese stand hinter dem morschen Tisch, schien das verlassene Gebäude noch aufzuräumen.

»Häh?«, brüllte Elmar zurück. »Wer soll was?«

»Mein Auto! Ihr habt es zerstört, ihr Wichser! Ihr miesen Hinterwäldler. Dreckiges Idiotenpack!«

Markus wünschte sich eine Axt herbei. Er hätte das ganze Dorf und seine Einwohner eigenhändig zerhackt. Alles war schiefgegangen. Sein Job war weg, seine Familie verachtete ihn und jetzt war sogar noch sein Auto kaputt gegangen.

... *War demoliert worden* ...

Und das war alles die Schuld dieser sturen Nichtskönner.

»Wir haben deinem Auto nichts getan, du verlogenes Arschloch«, schrie der Bärtige zurück.

»Scheiße! Und ob ihr das habt.«

30

»Es waren alle hier, du Stadtdepp, kannst du nicht zählen?«

»Woher soll ich wissen, wer alles in diesem Moloch eines Dorfes wohnt? Vielleicht hat jemand vorher … oder hinterher, nach meiner Präsentation, ganz schnell …«

Markus war beim Schreien auf den Mann zugegangen und hatte sich in sicherer Entfernung vor den Tisch gestellt. Trotz seiner Wut hatte er das logische Denken nicht ganz ausgeschaltet, denn das Muskelpaket musste so erst einmal drum herumlaufen, um Markus eine zu scheuern.

»Schwachsinn, niemand hat was getan. Und jetzt hau ab.«

Markus presste seine Lippen aufeinander. Mit so einem Herumgeschreie kam er nirgends hin. Er war ein zivilisierter Bürger aus einer zivilisierten Stadt und er war besser als diese Leute hier. Angespannt atmete er tief ein und aus, versuchte sich zu beruhigen.

Er setzte ein verkrampftes Lächeln auf.

»Du bist Elmar, oder?«

Knappes Nicken.

»Also, Elmar, habt ihr ein Telefon hier? Ich muss einen Abschleppwagen rufen.«

»Ne«, antwortete er. »Nicht für dich. Ihr Stadtmenschen habt doch bestimmt ein Handy.«

»Kein Empfang.«

»Tja.«

Dann schwiegen beide. Markus überlegte, was er jetzt tun sollte. Die Strecke zu Fuß zu laufen wäre zu weit für heute. Und auch, wenn er die nächste befahrene Straße erreichte – wie hoch war die Wahrscheinlichkeit, dass jemand anhalten würde?

»Gibt es hier ein Gasthaus?«

»Ne.«

Markus seufzte. Er würde im Wagen schlafen können, aber in der Nacht wurde es zunehmend kälter, trotz der warmen, sonnigen Tage. Es gab wohl keine andere Wahl, als auf die Gastfreundschaft der Dörfler zu hoffen.

»Kann ich bei jemandem schlafen? Irgendwo ein freies Zimmer? Ich brauche nicht viel, nur für eine Nacht.«

»Vergiss es. Nicht, nachdem du uns so übers Ohr hauen wolltest. Schlaf in deinem Auto.« Dann, nach einigen Momenten Stille, fügte er hinzu: »Ich kann mir deinen Wagen mal angucken. Hilft ja nichts, dich hierzubehalten. Je früher du weg bist, desto besser.« Elmar donnerte murmelnd mit langen Schritten an ihm vorbei. »Bisschen Suppe und Bier hab' ich vielleicht auch noch übrig. Soll ja niemand sagen, wir lassen unsere Besucher verhungern.«

»Danke«, sagte Markus, aber meinte es nicht so. Aber was blieb ihm anderes übrig, als sich mit den Leuten hier gutzustellen? Er würde nicht ewig hier bleiben, eine Nacht.

Im Höchstfall.

Dann aß er eben Suppe, trank Bier und schlief im Auto. Eine Decke würden sie ihm sicher leihen und vielleicht waren die Hinterwäldler morgen dann doch offener für seine Vorschläge.

Die beiden schlurften schweigend zum Wagen zurück und Elmar warf einen Blick in den Motorraum.

»Hmm«, machte er, fingerte an einem Rohr herum, drehte eine Schraube in diese und jene Richtung und wischte sich die Finger an seiner fleckigen Hose ab.

»Und?«

»Bin kein Mechaniker. Das krieg ich nicht repariert. Aber das sieht mir nicht so aus, als hätte das einer von uns gemacht.«

Markus schnaubte höhnisch. »Ach komm, du nimmst die anderen doch nur in Schutz. Wer sollte das denn sonst gewesen sein, wenn nicht einer von euch?«

»Na ja, diese Metallstange hier ist ordentlich verbogen. Da müsste man sich schon deftig abrackern und doppelt so breit sein wie ich.« Elmar lachte rau. »Und an diesem Rohr hängt Fell. Weiß' ja nicht, wie ihr Stadtmenschen aussieht, aber Fell tragen wir hier nicht.«

»Also willst du mir sagen, dass ein Tier das gemacht haben soll?«

Elmar zog grübelnd die Augenbrauen zusammen.

33

»Ja, vielleicht. Vielleicht auch nicht. War jedenfalls keiner von uns. Wir wollen dich hier nicht haben, wäre dann ja schön blöd, deinen Wagen zu demolieren, damit du uns länger auf die Nerven gehst.«

»Was soll denn das sonst gewesen sein? Ein tollwütiger Bär? Ein riesiger Hund? Ich habe nicht einmal Essen dabei, was die riechen könnten.«

»Tja. Keine Ahnung, Mann«, sagte Elmar. »Ich bring dir Suppe und Bier und morgen, wenn der erste Hahn kräht, solltest du verschwinden. Zur Not zu Fuß.«

Elmar grinste breit und zeigte eine dicke Zahnlücke zwischen den Schneidezähnen.

»Habt ihr kein Auto hier? Oder ein Fahrrad oder irgendetwas mit dem ich zur nächsten Stadt komme?«

»Gert Mücker hat einen Transporter, so einen roten mit Ladefläche, den ist er manchmal gefahren. Pickup oder wie man die nennt«, sagte Elmar. »Aber mach dir keine Hoffnungen. Das Ding läuft schon seit Wochen nicht mehr.«

»Ach komm«, murrte Markus. Es war offensichtlich, dass Elmar ihn nicht mochte, das beruhte schließlich auf Gegenseitigkeit, aber dass es im gesamten Dorf weder Telefon noch ein funktionierendes Auto gab, war plumpe Lügerei, um ihn zum Narren zu halten. »Nie und nimmer baut ihr hier alles selbst an. Wie kommt ihr denn an Nahrungsmittel, wenn ihr aus dem Dorf nicht rauskommt?«

34

»Kannst so misstrauisch sein, wie du willst, Kleiner.« Elmar seufzte. »Bin dir ja eigentlich keine Antworten schuldig, aber an der Teerstraße kommt manchmal ein Lieferwagen aus der Stadt und wir schleppen dann die Kisten her. So läuft das hier. Mehr brauchen wir nicht.«

Markus erinnerte sich an die letzte Teerstraße, auf der er gewesen war, bevor er auf die unbefestigte Dorfstraße abgebogen war. Dem holprigen Waldweg war er sicher sieben oder acht Kilometer weit gefolgt, vielleicht sogar länger, bis er in Ennersberg angekommen war.

»Tja. Kann man nichts machen. Ich muss dann aber wieder. Ich bring dir noch Suppe, dann setzt du dich ins Auto und lässt unser Dorf in Frieden«, sagte Elmar, drehte sich um und stapfte schnell die staubige Straße entlang. Auf einmal schien er es sehr eilig zu haben.

Markus schüttelte verärgert den Kopf und sah sich das Auto noch einmal genauer an. Die robuste Stange war tatsächlich stark verbogen und als er dran zog und riss, bewegte sie sich kein Stück.

Dann rupfte er das Fellstück ab. Es war braun und verfilzt und fühlte sich in seinen Händen klebrig an. Falls es sich tatsächlich um Tierfell handelte, und von einem Bären, einem großen Biber oder einem Hund stammte, so konnte Markus es nicht eindeutig bestimmen – Markus hatte sich selten mit Biologie beschäftigt – aber am naheliegendsten erschien es ihm, dass ein

35

einfaches Büschel Menschenhaar aus Versehen zurückgelassen wurde, wie zum Beispiel das Haar eines dichten, ungepflegten Bartes, wie es sie in Ennersberg zuhauf gab. Dass hier in der Gegend eventuell Bären ihr Unwesen trieben, hätte ihn in jeder anderen Situation beunruhigt und einen Schauer über den Rücken gejagt, an diesem ihn verachtenden Ort war er sich allerdings mehr als sicher, dass einer der Dorfbewohner etwas damit zu tun hatte.

Dieses in seiner Situation angebrachte Misstrauen und der daraus resultierende Glauben an feindseliges, menschliches Wirken, und damit auch das Wissen und die Überzeugung, dass einer der Bärtigen den Schaden zu verantworten hatte, verschwand jedoch, als er um das Auto herum ging, um nach mehr Spuren zu suchen, und einen Schaden fand, der unmöglich menschlichen Ursprungs sein konnte. Vom rechten Seitenspiegel bis kurz vor den Tankdeckel glänzten zwei tiefe, unregelmäßige Kratzer, die das Metall durchschlagen und zwei blutlose Wunden an der Karosserie hinterlassen hatten. Sie hoben sich durch ihr silbriges Glitzern vom Rest des ansonsten unbeschadeten Lacks ab.

Als Elmar wenige Minuten später mit einer braunen Flasche Bier und einer Schüssel dampfender Kartoffelsuppe wiederkam, spürte Markus eine gewisse Erleichterung. Immerhin war er jetzt nicht mehr allein mit diesen Klauenspuren. Als er den Schaden zeigte, verzog Elmar einen Moment lang das Gesicht. Markus konnte nicht genau sagen, ob es Neugier, Belustigung oder Angst war; die Reaktionen der Hinterwäldler waren schwer zu lesen.

»Tja. Manchen Kreaturen in der Gegend möchte man ungern über den Weg laufen, stimmt's?«, sagte er, kratzte sich am Kopf und seufzte. »Ich denke, Martha wird nicht begeistert sein, aber ich biete dir an, die Nacht bei uns zu verbringen.« Er nahm einen Schluck aus der Bierflasche und schmatzte. »Würde ich mir nicht verzeihen, wenn man deine blutigen Überreste morgen früh findet und uns dafür verantwortlich macht.«

»Ist das etwa normal?«, fragte Markus aufgebracht. »Was für ein Vieh läuft denn hier herum und zerkratzt Autos? Da müsst ihr doch etwas gegen machen! Was, wenn es eure Kinder holt?«

Elmar zuckte entspannt mit den Achseln. »Vielleicht hat das Tier den Gestank des Motors nicht vertragen. Oder der Lärm hat es aufgeschreckt. Wer weiß das schon?

An uns sind der Wald und seine tierischen Bewohner jedenfalls gewöhnt. Komm jetzt, sonst schläfst du wirklich im Auto.«

37

4

Die Hütte, in der Elmar mit seiner Frau Martha, ihrem Sohn Fritz und dem Baby Henrik wohnten, bestand aus schwarz-braunen Bretterwänden und einem dicken, gemauerten Schornstein. Über einem Feuerchen hing ein großer Kupferkessel. Das Esszimmer, das zeitgleich auch als Wohnzimmer, Spielraum und Küche genutzt wurde, duftete nach frischer Kartoffelsuppe und Waldkräutern. Die Schritte wurden durch einen abgewetzten, von Motten zerfressenen Teppich gedämpft, der einen muffigen Duft verströmte.

Markus wurde ein Platz auf einem erstaunlich gemütlichen Sessel angeboten und eine Schüssel Suppe in die Hand gedrückt. Der kleine Fritz beobachtete ihn neugierig, glotze ihn mit halboffenem Mund an und kratzte sich immer wieder an der Warze auf seiner Nase.

Elmar war mit Martha in einen Nebenraum gegangen. Ihre Stimmen drangen dumpf zu Markus herüber. Sie wirkten gehetzt und ernst und er wollte zu gerne wissen, was sie beredeten. Sicherlich lästerten sie über ihn und stritten sich darüber, dass er hier blieb. Der Eindringling in einem fremden, feindlichen Dorf. Der Satan in Form eines Vertreters des größten Kohleenergie-Unternehmens des Landes.

Markus spann weiter, bis ihm ein unangenehmer Gedanke kam. Was, wenn sie sich nicht über ihn stritten, sondern über den Zustand seines Autos? Was, wenn es wirklich ein Bär gewesen war oder irgendeine andere Kreatur des Waldes, die für dieses Dorf eine tödliche Gefahr darstellte? Vielleicht hatte Elmar nur so entspannt getan, verfiel aber jetzt, im sicheren Haus, in Panik. Wenn dem so war, dann wäre es eine bescheuerte Idee, allein durch den Wald zur Straße zu gehen.

Er holte sein Handy hervor, nur um wieder zu bemerken, dass er keinen Empfang hatte. Trotzdem tippte er eine kurze Nachricht an seine Frau.

»Stecke hier im Dorf fest, Auto kaputt. Übernachte hier. Ich bin morgen zurück. Umarm Phillip von mir. Liebe dich.«

Vielleicht würde es in der Nacht für einen Sekundenbruchteil Empfang geben; dann sollte das Handy wenigstens automatisch eine Nachricht losschicken.

Nach einer Viertelstunde betraten die beiden mit finsteren Mienen das Zimmer. Marthas Gesicht war sichtbar errötet, wahrscheinlich wegen der hitzigen Diskussion im Nebenraum. Sie klappte wortlos den Deckel einer Sitzbank auf, zog eine zerschlissene Decke und ein kleines, gelbliches Kopfkissen hervor und reichte sie ihm.

»Kannst hier auf dem Teppich schlafen«, sagte Elmar. »Wunder dich nicht, wenn du Schritte hörst. Wir gehen nachher nochmal raus.«

»Raus?«, fragte Markus verwundert. »Was ist, wenn der Bär kommt?«

Martha blickte ihn mit toten Augen an, sagte aber nichts.

»Hier gibt es keine Bären«, antwortete Elmar. »Komm, Fritz, Schlafenszeit.«

Der Junge schlurfte an seinem Vater vorbei und polterte die Treppe hinauf, aber nicht, ohne Markus noch seinen dümmlichen, neugierigen Blick zuzuwerfen und sich unappetitlich an der Nase zu kratzen.

»Und du solltest auch schlafen. Morgens musst du hier verschwinden.«

Markus verzog sein Gesicht. So freundlich es von Elmar auch war, ihn für die Nacht aufzunehmen, so sehr gab er sich die Mühe, Markus sich nicht als Gast, sondern eher als eine Zecke fühlen zu lassen.

»Okay«, sagte Markus. »Dann gute Nacht. Und danke, dass ich hier schlafen kann.«

Elmar erwiderte nichts, schloss die Tür und Markus war allein. Dann war es bei dem dumpfen Gespräch wohl nicht um ein gefährliches Tier gegangen, sonst würden die beiden das Haus nicht nochmal verlassen wollen – außer vielleicht zum Jagen.

Er spürte, wie müde der Tag ihn gemacht hatte, die Fahrerei, die Präsentation, der Stress mit dem Auto und sein Versagen. Er legte sich das Kopfkissen zurecht, zog sich bis auf Unterhose und Shirt aus und deckte sich zu.

Das leise Knistern des ausgehenden Kamins war alles, was er hörte. Der Stoff, egal ob Teppich, Kissen oder Decke, roch muffig und alt. Er hoffte, dass sich keine Bettwanzen in der Nacht über ihn hermachen würden.

Er wachte zwei Mal auf. Einmal, als er Schritte und die Tür hörte, dann, als er die Tür und Schritte hörte. Jedes Mal schlief er schnell wieder ein, ohne sich viele Gedanken zu machen.

5

Erst als Martha die Tür hinter sich geschlossen und sie sich ein paar Schritte vom Haus entfernt hatten, sprachen sie wieder. Gemeinsam gingen sie die Straße entlang. Hier und da sahen sie die Schatten des Dorfes vorbeihuschen.

Elmar griff sanft nach der Hand seiner Frau. Ihre Finger schmiegten sich ineinander und er verspürte die vertraute Zärtlichkeit, die er an ihr so liebte. Er überragte sie um fast anderthalb Köpfe und wenn er in ihre Augen blickte, das Linke hatte einen leichten Drall zur Seite, dann fühlte er sich zu Hause. Seit seiner Geburt lebte er in diesem Dorf und war mit Martha zusammen aufgewachsen. Kein Wunder, dass sie schon in ihrer Jugend zusammengefunden hatten.

»Schläft Fritz?«, fragte Elmar seine Frau.

»Ja.«

»Und was ist mit Henrik? Sicher, dass du ihn nicht mitnehmen willst?«

»Der schläft auch. Mach dir keine Sorgen, Elmar, es sollte ja nicht zu lange dauern. Und ich glaube nicht, dass dieser Kerl irgendwas mit unseren Kindern machen würde, außer sie zu beruhigen, wenn sie schreien. Er wirkt nett.«

»Du findest ihn nett?«, fragte Elmar. Er hatte Marthas böse Blicke bemerkt, die sie ihrem Gast zugeworfen hatte. Außerdem hatte sie nicht zugestimmt, als Elmar beschlossen hatte, Markus für die Nacht aufzunehmen, jedenfalls so lange, bis ihr Mann sie mit wilden Küssen im Nebenraum spontan überhäuft hatte. Danach hätte sie niemals 'Nein' sagen können.

»Na ja, nett ist vielleicht zu viel«, gab sie zu. »Er sollte hier nicht sein, ich will ihn nicht dahaben, aber ich glaube, er ist kein böser Mensch.«

»Ja, den Eindruck habe ich auch. Trotzdem finde ich es unverantwortlich, unsere Kinder mit ihm allein zu lassen. Was, wenn er sie entführt, um sie als Druckmittel für sein Kohleding zu nutzen?«

»Das glaubst du wirklich?«

»Nein«, gab Elmar zurück und lachte. »Aber ich *weiß*, dass nichts passieren wird.« Er drückte beruhigend Marthas Hand. »Hier geht's rein.«

In der Dunkelheit der Nacht wäre ihm der kleine Trampelpfad, der von der Straße abging, fast nicht aufgefallen. Allerdings kannte er das Dorf besser als seinen eigenen Keller und das orangene Flimmern weiter hinten hatte ihn daran erinnert, wo der Pfad lag.

»Ich glaube, der macht hier einfach nur seinen Job«, sagte Elmar. Er hielt seine Hand schützend vor sich, um eventuelle Zweige für sich und seine Frau aus dem Weg zu drücken. »Das kann ich respektieren, glaub ich. Hat einen Ring am Finger, wird wohl eine Frau haben, vielleicht auch Kinder. Und seine Präsentation war wirklich beeindruckend aufbereitet. Er scheint pflichtbewusst und diszipliniert zu sein, ja, ich denke, so würde ich ihn

43

einschätzen.«

»So bist du ja auch«, sagte Martha und kicherte. »Der disziplinierte Elmar. Außer es geht darum, den Abwasch zu machen.« Elmar musste grinsen. Ihre süßen Neckereien waren genauso liebenswert wie ihre strohblonden Haare.

Dann schwiegen sie und folgten dem Pfad für einige Minuten, bis sie an der Lichtung ankamen. In der Mitte brannte ein kleines Lagerfeuer und ringsherum lagen drei dicke Baumstämme, die als Sitzgelegenheiten dienten. Elmar erkannte den alten Werner, die Zwillinge Erwin und Hermann, die Bäckerin Gysilde und Rufus, den einge-schränkten Buckligen, der sich um die Kloaken kümmerte. Ihre Gesichter leuchteten im Licht des Feuers orange und warm. Sie alle empfingen die beiden mit kurzen Begrüßungen oder wortlosem Nicken.

»Dann können wir beginnen«, sagte Werner. Sein Gehstock hatte er an einen der Baumstämme gelehnt.

Elmar runzelte die Stirn. »Aber wir sind doch noch gar nicht komplett.«

»Rieke und Gottlieb haben abgesagt, weil ihr Baby zahnt und schreit und Gert und die anderen müssen morgen früh raus. Es hat alles seine Richtigkeit.«

»Tja dann«, sagte Elmar und setzte sich neben Hermann, einem dünnen Mann, der egal zu welcher Tages- und Jahreszeit einen löchrigen

44

Strohhut trug, der durch feuchten Schimmel mehr grün als gelb war. Martha nahm neben ihm Platz und schlug ihre Beine übereinander.

»Dann lasst uns beten«, sagte Werner, faltete seine Hände zusammen und schloss die Augen. Elmar tat es ihm nach und alle anderen ebenso.

»Du gibst uns Leben«, sprach Werner.

»Wir geben Leben«, sprachen alle anderen.

»Du gibst uns Luft.«

»Wir atmen Luft.«

»Du gibst uns Sinn.«

»Wir folgen dir blind.«

»Du gibst uns Schutz.«

»Wir wachen im Schmutz.«

Dann schwiegen sie.

Elmar hielt seine Augen geschlossen und hörte Marthas Atem neben sich, stellte sich vor, wie sich ihr Brustkorb hob und senkte, wusste, dass sie sicher war. Er war dankbar für das Leben hier und die Liebe, die er für seine Frau, seine Freunde und den Wald empfand und durch seinen Körper strömte, war unermesslich.

»Elmar, wie sieht es mit den neuen Bäumen aus?«, fragte Werner irgendwann, brach damit die Stille und beendete das Gebet.

Elmar öffnete die Augen und kehrte zurück in die Gegenwart. Das Beten hatte für ihn immer etwas Meditatives und nahm ihn komplett ein.

»Denen geht es gut«, sagte er. Seit er groß genug war, kümmerte er sich um den Wald, fällte kranke Bäume und pflanzte neue Bäume nach. Es war eine harte Arbeit und sogar gefährlich, wenn er sich verrechnete oder der Stamm an der falschen Stelle brach und ihm entgegenkippte. Aber es gab ihm Sinn und erfüllte ihn mit Stolz. »Die Ersten haben schon überlebt und sind zu groß geworden für die Vögel. Zwei hat leider der Holzwurm gefressen, aber dafür hat eine der Rotbuchen angefangen zu harzen.«

»Gute Neuigkeiten«, sagte Werner. Die anderen Anwesenden hörten beim Gespräch zu und blickten ins Feuer oder beteten in Gedanken weiter. Rufus hatte sein kleines Taschenmesser gezogen und spitzte einen Stock an. Sein Mund stand offen und Spucke tropfte auf sein Leinenshirt.

»Du machst deinen Job wirklich gut, Elmar. Ich bin erfreut. Damals, daran kann ich mich noch genau erinnern, da bist du als Kind immer herumgelaufen und hast Streiche gespielt. Da hat sich der Älteste damals ein Bein gebrochen, weißt du noch, Elmar?«

»Das weiß ich noch«, sagte er brav. Er hatte die Geschichten schon hundert Mal gehört, aber es war ein ungeschriebenes Gesetz, dass man den Ältesten des Dorfes nicht unterbrach. Auch wenn Werner nicht mehr ganz gesund im Kopf war.

»Da habe ich mich immer gefragt, was aus dir werden soll. Dietmar, habe ich dann gesagt, Dietmar, sag du mir mal, was aus dem kleinen

46

Elmar werden soll. Und er hatte dann gesagt, dass aus dir mal was wird und ich hab' gebangt, weil ich dachte, dass dich der Älteste aus dem Dorf verstößt, wenn du so weiter machst. Aber es ist ja alles gut gegangen, nicht?«

»Ja, es ist alles gut«, sagte Elmar.

»Martha hat dir gutgetan, nicht?«

»Und wie!« Elmar legte eine Hand auf Marthas Oberschenkel und drückte ihn. Sie lächelte ihn an. Ihr aufgeweckter Blick verriet, dass sie Werners Vergesslichkeit genauso amüsierte wie ihn.

»Ja, die Martha ist schon gut«, fuhr Werner fort. »Und auch, dass du als Förster in die Fußstapfen vom Dietmar getreten bist, das ist auch gut. Da hatte der Mann recht gehabt, als er gesagt hat, dass aus dir was wird.«

Dann schwieg er wieder.

Auf einmal wurde sein Blick sehr ernst und er wirkte nicht mehr wie ein verwirrter Alter, der Geschichten von früher erzählte, sondern wie der strikte Bürgermeister, der er war.

»Elmar, du weißt, warum es heute dieses Treffen gibt, ja?«

Elmar nickte. So ein Treffen fand immer statt, wenn ein Fremder ins Dorf kam. Es verirrten sich selten genug Menschen hierher, meistens Wanderer oder Leute, die sich verfahren hatten. Selten, aber oft genug, dass man sich Sorgen machen musste, kam jemand von außerhalb, der etwas in Ennersberg ändern wollte. Eine

47

Wasserleitung bauen, neue Gesetze erlassen, die Straße erneuern, und jetzt auch noch eine Kohlegrube in den Wald hacken.

»Ja, Werner. Ich bin mir allerdings unsicher, ob ich die Zeichen richtig lese. Er ist mit dem Auto hergefahren, hat seine Rede gehalten und als er wegfahren wollte, war sein Auto kaputt. Jetzt pennt er halt bei mir«, sagte Elmar.

»Wie kaputt is' der denn?«, wollte Hermann wissen. »Das Auto, mein' ich, nich' der Kerl.« Elmar konnte seine Augen nicht ganz sehen, weil sein bester Freund den schimmligen Hut tief ins Gesicht gezogen hatte, aber bemerkte, dass er breit grinste.

»Na ja, der Schaden ist schon ordentlich. Hätte ein Tier sein können oder eben ein Zeichen. Fahren kann er damit jedenfalls nicht mehr.«

Werner seufzte nachdenklich. »Hat dieser Fremde im oder außerhalb vom Wald geparkt?«

»Im Wald«, sagte Elmar. »Sein Wagen steht direkt am Dorfrand beim Haus von Rieke und Gottlieb.«

»Tja dann«, sagte Werner nachdenklich. Elmar beobachtete ihn unsicher. Kurz bevor er die Frage, die in ihm brodelte, stellte, sprach Werner weiter. »Wir werden erst sehen, ob er der Richtige ist, wenn er das Dorf und den Wald verlassen hat. Lass ihn morgen also ziehen, Elmar. Wenn er nicht der Passende ist, wird jemand anderes kommen. Und

48

wenn er wiederkommt, dann weißt du, was du zu tun hast.«

Elmar nickte und drückte den Oberschenkel seiner Frau, suchte nach Sicherheit. Er war dankbar, als sie einen Arm um ihn legte.

Das, was er in diesem Fall zu tun hätte, würde ihm keinen Spaß machen. Aber wenn es von ihm verlangt werden würde, dann würde er seinen Job erledigen und die Dorfbewohner respektierten das. Er war Elmar aus Ennersberg, pflichtbewusst und diszipliniert.

6

In seinen Träumen saß er bei seiner Familie und wunderte sich, wie perfekt alles war. Seine Frau hatte extra den Tisch gedeckt und Krabbensalat gekauft. Den aß er zum Frühstück immer am liebsten, aber kaufte ihn nie. Viel zu teuer.

Sein Sohn grinste ihn die ganze Zeit an und die hellblaue Unschuld schwamm in seinen Augen. Seine strahlend weißen Zähne und der brave Scheitel machten ihn zum perfekten Sohn. Markus fühlte, dass der Kleine zu seinem Vater, seinem glänzenden Vorbild, aufblickte. Inga schmiegte sich an ihren Mann, nahm sein Gesicht in die Hände, die manchmal zärtlich sein konnten, und küsste ihn liebevoll auf die Lippen.

»So, und jetzt essen wir.«

Die Welt war in Ordnung. Alles war gut und tiefer Frieden breitete sich in seiner Brust aus.

Wäre da nicht dieses schleimige Röcheln gewesen. Es klang kränklich und furchtbar. Wie das qualvolle Todeshusten eines Tieres, dem ein Pfeil in der Lunge steckte.

Markus wachte auf.

Vor ihm stand Fritz, der ältere Sohn von Elmar und Martha. Splitternackt glotzte er auf ihn hinab, kratzte sich mit der einen Hand an der dicken Warze auf der Nase, während der andere Arm plump nach unten hing. Sein Mund war halb geöffnet und seine Nase mit Rotze verklebt, sodass der Junge bei jedem Ausatmen ein ekelhaftes, schmatzendes Geräusch machte.

»Guck nicht so«, murrte Markus. »Und zieh dir was an.«

Fritz blickte weiter auf ihn hinab, als würde er ihn gar nicht verstehen. Bei dem Röcheln hätte man vermuten können, dass er gar keine Luft mehr bekam, aber er stand ruhig da und glotzte den unwillkommenen Gast an.

»Okay«, sagte Markus, schlug die Decke zurück und stand auf. Die Nacht auf dem harten Boden war nicht spurlos an ihm vorbeigezogen. Sein Rücken schmerzte und die Gelenken waren steif. Am Anfang hatte der Teppich das meiste abgefangen und war gemütlich gewesen, aber später in der Nacht hatte das Holz förmlich in seine Gelenke gestochen.

Grunzend streckte er sich und zog eine schmerzverzerrte Fratze, als sein Rücken knackte und ein Schmerzensblitz von seiner rechten Schulter durch seinen Körper zuckte. Fritz stand immer noch da, nackt und glotzend.

Markus hob die Decke auf und legte sie ihm über den Kopf. Das schien endlich etwas zu bewirken, denn Fritz riss sie herunter, guckte böse und eilte mit unbeholfenen Pinguinschritten aus dem Zimmer.

»Dummes Blag«, murmelte Markus und zog sein Handy aus der Tasche. Entmutigt stellte er fest, dass die Nachricht von letzter Nacht immer

51

noch nicht abgeschickt worden war.

Er zog sich an und klopfte sich den Dreck vom Jackett. Die Erde bröselte auf den Boden. Dann lauschte er.

Von Fritz war nichts mehr zu hören. Kein röchelndes Atmen, keine Schritte. Auch Elmar, Martha und das Baby schienen noch nicht wach zu sein. Es war still im Haus.

Markus bediente sich an einem Laib Brot, der neben zwei weiteren Broten in einem kleinen Tonbehälter mit Deckel aufbewahrt wurde, und trank etwas von dem gestern aufgekochten Wasser. Er wollte seine Gastgeber nicht ausnutzen, auf gar keinen Fall; keine Minute wollte er länger hier bleiben als nötig. Und da der Verdacht, dass einer der Ennersberger seinen Wagen zerstört hatte, immer noch nicht ganz ausgeschlossen war, galt der Brotdiebstahl nicht als Brotdiebstahl, sondern eher als eine Anzahlung für die Autoreparatur. Er rollte den Rest des Brotes in ein Stück Papier ein und klemmte es sich unter den Arm.

Leise öffnete er die Tür und trat hinaus in das Dorf. Erst jetzt nahm er die Schönheit der Gegend vollkommen wahr. Eine frische Brise Waldluft stieg ihm in die Nase und ein frühmorgendlicher Sonnenstrahl setzte sich auf seinem Gesicht ab, wärmte ihn und spendete ihm Trost. Keine Menschenseele befand sich auf der Straße, er hätte auch das einzige Lebewesen in Ennersberg sein können.

Wenn *er* nicht gewesen wäre, der Markus stets beobachtete.

Die Häuser sahen in dem Licht gar nicht mehr so hässlich aus, wie sie es gestern getan hatten. Anstatt morsch und brüchig zu wirken, hatten sie nun eher etwas Rustikales an sich. Etwas Romantisches. Hier könnte man hinfahren und Urlaub machen, um sich von dem Treiben der Großstädte abzulenken und sich mit der Natur zu verbinden.

Der Wald wirkte allerdings etwas sonderbar. Neben den typischen knorrigen Baumstämmen der Buchen und ihrem grünen Blattwerk, von dem einige Blätter braun und faulig auf dem Boden vermoderten, gab es einige sehr sonderbare Exemplare. Anders als die Bäume mit braun-grauer Rinde waren diese rötlich-braun und das Blattwerk strahlte in einem vollen, fleischigen Blutrot.

Markus sah es sich genauer an, einfach aus Neugier und weil er einen Ort zum Pissen brauchte. Als er sich dem roten Baum näherte – die Dorfstraße war von hier nur noch schwer zu erkennen – schlug ihm ein unangenehmer, fauliger Gestank entgegen. Während sein Strahl auf den Waldboden spritzte, stützte Markus sich mit einer Hand an dem Baum ab.

»Scheiße«, murmelte er. An seinem Handballen klebte rotes, schmieriges Baumharz in einer Farbe, die er so noch nie gesehen hatte. Fluchend beendete er sein Geschäft und schmierte das Harz an seiner Hose ab.

Er schnupperte an seiner Hand, an der die hartnäckigen Reste klebten, und musste ein Würgen unterdrücken.

»Oh Gott«, stieß er aus und taumelte von der roten Buche weg.

Als er klein gewesen war, hatte er einen Kater gehabt. Tabasco war das beste Tier gewesen, das man sich nur vorstellen konnte. Er hüpfte jeden Tag im Garten herum, scheuchte Vögel und Ratten durch die Gegend und tobte sich ordentlich aus. Und jeden Abend, wenn Markus mit einer Decke auf dem Sofa lag und etwas las, kam er zu ihm, hüpfte auf seine Schenkel, legte sich hin und begann seinen Pullover mit seinen Vorderpfoten durchzukneten, bis der rotbräunliche Kater einschlief. Er war selten bei Mama, nie bei Papa, sondern er suchte sich immer Markus dafür aus. Man konnte sich zu hundert Prozent darauf verlassen, dass Tabasco am Abend vor der Haustür stand, aufgeregt maunzte und darauf wartete, eingelassen zu werden.

Eines Abends stand er allerdings nicht vor der verglasten Terrassentür des Elternhauses und auch am nächsten Tag tauchte er nicht auf. Markus fuhr mit seinem Fahrrad die ganze Stadt ab, rief nach Tabasco und fragte Nachbarn. Keiner hatte den verlorenen Katzerich gesehen, keiner hatte dem Jungen irgendwie weiterhelfen können. Er ließ

54

Steckbriefe drucken, um die Chancen zu erhöhen – zuerst auf Kosten seines Taschengeldes, später drückte ihm sein Vater einen Fünfziger in die Hand, weil das doch Familiensache sei.

Jede Bemühung blieb ohne Erfolg. Seine Eltern sagten ihm nach einer Woche, dass Tabasco wohl weggelaufen sei. Vielleicht, so sagten sie, hatte er eine Katzenfrau gefunden und eine Katzenfamilie gegründet. Markus hatte sich mit der notdürftigen Antwort zufriedengegeben. Es hatte plausibel für ihn geklungen.

Nach zwei Wochen stand ein Bauer vor dem Haus seiner Eltern und meinte, er hätte Tabasco gefunden. Markus begleitete ihn zusammen mit seinem Vater in freudiger Erwartung, seinen geliebten Kater wieder streicheln zu können. Sie fuhren einige Kilometer aus der Stadt heraus, der Beton wechselte zu Feldern und Baumreihen, und letztendlich hielten sie vor einer großen, rot-lackierten Scheune mit lückenhaftem Reetdach.

Der Bauer hatte ihren Kater tatsächlich entdeckt. Er hatte in einer Ecke im Stroh gelegen, mit leergefressenen Augenhöhlen, bereits halb verwest, das Fell an vielen Stellen weggerissen, mit verzweifelten Kratzspuren an den Wänden der gesamten Scheune.

An diesem Ort hatte es genauso furchtbar gerochen, wie das Harz an seiner Hand.

Markus trat eilig auf die spröde Straße zurück und folgte ihr Richtung Auto, und damit auch

Richtung der nächsten Teerstraße und damit auch Richtung Zivilisation und dem unabwendbaren Untergang seiner Familie. Er wollte keine weitere Minute länger hierbleiben. Gastfreundschaft und romantische Buden hin oder her. Das hier war kein Ferienort mit modernen Anbindungen oder irgendwelchen Abenteuerführern. Es war ein altes, zurückgebliebenes Dorf mit alten, zurückgebliebenen Menschen und nach Verwesung stinkenden, blutroten Bäumen. Er fühlte sich dreckig, ungeduscht und seine Gelenke und Knochen taten ihm weh. Und dann war da noch der ganze Stress, der ihn zu Hause erwartete. Ob sie ihn bereits vermissten und sich wunderten, warum er nicht schrieb? Was würde wohl Ingas Reaktion sein, wenn er ihr die schlechte Nachricht mitteilte? Was würde sein Chef tun?

Als er an seinem Auto ankam, das er am vordersten Rand des Dorfes geparkt hatte, und mit zwei seiner Räder noch auf der Pflastersteinstraße stand, spürte er bereits, dass etwas anders war. Je näher er kam, desto lauter warnte ihn sein Unterbewusstsein. Erst flüsternd und zaghaft, dann immer lauter, bis es letztendlich »Gefahr! Hau ab!« schrie und in seinem Kopf mit einem schmerzhaften Pochen widerhallte.

Markus kämpfte sich trotzdem Schritt vor Schritt voran. Verunsichert und ängstlich erreichte er seinen alten Wagen, oder das, was davon noch übrig geblieben war. An vielen Stellen war der rote

56

Lack abgepellt und lag herbstblattartig in dem Gras, wurde von den leichten, ständigen Brisen tiefer in den Wald geweht. Darunter befand sich das rohe Metall, auf dem sich bereits jetzt Rostflecken gebildet hatten.

Die Scheiben klafften wie Haimäuler in dem Rumpf auf. Markus konnte die glänzenden Splitter im Wageninneren erkennen. Die Polster waren aufgeschlitzt und die eigentlich weißen Watteballen quollen wie eitergelbe, wolkenartige Organe heraus. Nur das Blut fehlte, dann hätte das Auto ebenso gut ein Mordopfer sein können.

Allerdings war dieser Schaden nun besser zu erklären als die Spuren am gestrigen Abend. Markus war sich sicher, dass der ein oder andere Dorfbewohner damit etwas zu tun hatte. Waren Elmar und seine Frau in der Nacht nicht sogar rausgegangen? Vielleicht, um das hier zu tun. Lack abkratzen, Scheiben einschlagen, Polster aufschlitzen. Das würde er seinen Gastgebern zutrauen, auch wenn Elmar so freundlich gewesen war, ihn bei sich aufzunehmen. Wenige Stunden zuvor hatte er ihn schließlich brutal auf die Straße geworfen und mit noch mehr Prügel gedroht. Vertrauen konnte man ihm nicht.

Das alles war logisch.

Das konnte Markus sich mit normalem Menschenverstand erklären. Es war ärgerlich, ja, ziemlich unmenschlich sogar, aber so etwas kam vor.

Das war normal. Es gab Gründe und Mittel, Täter und Tatwaffen und all diese normalen Dinge.

Normale Normalität.

Aber den Rest konnte er sich nicht erklären.

Der Motor war mit moosigem Gras überwachsen. Markus konnte nicht mehr sagen, ob die Rohre, Kabel und Mechanikteile überhaupt noch da waren. Dicke, fleischige Ranken hatten sich um das Auto gelegt. Aus dem aufgebrochenen Boden hatten sie sich rausgeschlängelt, die Reifen hinauf, die Achse umwickelt, hatten sie gebrochen, sich im Wageninneren durch die offenen Fenster getroffen und hatten sich dort eng in den Watteorganen verknotet.

Markus folgte mit ungläubigem Blick den gelblichen, mit Stacheln übersäten Ranken zu ihrem Ursprung. Sein Körper war zu einer Eisskulptur erstarrt und obwohl es ein warmer Morgen war, fühlte er sich auch so. Morgentau glitzerte an den Enden der Dornen.

»Die Dorfbewohner haben die Ranken da hingemacht«, versuchte sein Unterbewusstsein ihm zu erklären. Diese verdammten Hinterwäldler waren bösartig und gefährlich. Was sollte er nur tun?

Kämpfen oder Fliehen?

Andere Instinkte gab es nicht.

Der Fluchtreflex hatte sich in eine morbide Neugier verwandelt, die alles logisch zu erklären versuchte. Aber ein anderer Teil seines Hirns wusste, dass man dieses Unwerk hier nicht erklären

58

konnte. »Mach dir keine Sorgen, Markus. Die Bewohner sind schuld.«

Aber das erklärte es nicht. Es erklärte nicht, dass die Ranken ihren Ursprung im Boden fanden. Dass sie sich aus dem Unterholz und der Pflastersteinstraße herausgewunden hatten und sich immer noch bewegten. Es war kaum bemerkbar, aber sie krochen Millimeter für Millimeter aus dem Waldboden. Das Ächzen des sich verbiegenden Metalls war zu hören. Die Bodenpflanzen raschelten in der Brise, die Vögel sangen ihre Paarungslieder.

»Lauf weg oder fass es an, dann siehst du, dass es nicht lebt«, sagte sein Unterbewusstsein. »Es gibt keine Ranken, die sich so schnell aus der Erde wühlen und gezielt dein Auto zerstören. Alles ein Trick der Hinterwäldler. Alles ist normal. Die Welt ist normal. So etwas, wie du gerade siehst, siehst du eigentlich gar nicht, weil es so etwas nicht gibt. Fass es an und überzeuge dich selbst.«

Das klang sinnig.

Er streckte seine Hand nach einer der Ranken aus und achtete darauf, keine der fingerlangen Stacheln zu berühren, die bedrohlich in alle Himmelsrichtungen abstanden. Als seine Fingerkuppen über die Ranke streiften, verging eine schreckliche Sekunde, dann fragte sein Kopf »Warum hast du deine nackten Finger dafür benutzt? Ein Stock hätte es verhindert. Jetzt sieh dir diese Sauerei an.«

59

Markus atmete heftiger, ruckartig. Er hörte etwas neben ihm dumpf zu Boden fallen. War es das Brot oder die Pranke eines anstürmenden Bären? Aus seinen Fingern quollen Bäche aus Blut hervor und tropften auf den Waldboden, wo es gierig von der Erde getrunken wurde. Ein dicker Stachel steckte tief in seinem Handteller, hatte ihn fast komplett durchstochen. Er hörte ein schmatzendes Geräusch, während sich die Ranke, die er berührt hatte, mit einer unerwarteten Geschwindigkeit zurückzog. Markus sah nur für einen kurzen Moment den blutroten Fleck an dem scharfen Gewächs, bevor es im Boden verschwand.

Reflexartig taumelte er zurück und starrte; die Wunden pochten taub.

»Das war kein Morgentau an den Spitzen. Das war etwas anderes.« Der Gedanke blitzte nur kurz auf.

Dann wurde seinem Hirn die Verletzung bewusst und der furchtbare Schmerz von den aufgeschnittenen Fingern und dem halb durchstoßenen Handteller übernahm jedes andere Denken. Sein Unterbewusstsein wiederholte immer nur ein einziges Wort.

»Lauf.«

Und er lief.

Er achtete nicht darauf, wohin sein Weg ihn führte. Er wollte nur weg von diesem Ort. Weg von den unfreundlichen, verschwiegenen Dorfbewohnern; weg von den blutenden Buchen; weg von den

60

unerklärlichen Ranken, die seine Haut aufgerissen hatten. Zurück in die Normalität. Zu dem, was er kannte.

Das Blut floss seine Hand hinab, bildete an den Fingerspitzen dicke Tropfen, die hinabfielen, im Boden versickerten, und eine unsichtbare Fährte hinterließen.

Eine Fährte, die nach Eisen und Leben roch und die *er* unmöglich ignorieren konnte. Es dauerte nicht lange, bis *er* die Quelle des vielversprechenden Duftes gefunden hatte und *er* freute sich, dass sich dieser Fremde immer weiter vom Dorf entfernte.

7

Markus rannte die Pflastersteinstraße entlang, immer weiter weg von den schäbigen Baracken, die das unheilige Dorf bildeten. Seine Lunge fing nach wenigen Minuten an, dickflüssigen Schleim an seiner Kehle abzusetzen. Seine Beine brannten vor Anstrengung und die Wunden riefen ihm bei jedem Schritt wieder und wieder ins Gedächtnis, warum er fliehen musste.

Die Ranken hatten sich bewegt. Einer Kettensäge gleich hätten die scharfen Stacheln seinen ganzen Arm aufgerissen, wenn Markus nicht schnell genug gewesen wäre, seine Hand zurückzuziehen.

Pflanzen bewegten sich nicht so schnell.

Das wusste Markus und das wusste sein Unterbewusstsein, also rannte er.

Aber er rannte nicht allein.

Er hörte ein schnelles, rhythmisches Schlagen hinter sich, wie die Hufe eines Pferdes, das im wilden Galopp über die Koppel preschte. Panisch blickte Markus über die Schulter, sah nur die verworrene, kurvige Pflastersteinstraße und den dichten, von roten Buchen durchsetzten Wald. Die Hütten von Ennersberg waren nicht mehr zu sehen.

Doch das dumpfe Pochen hatte nicht aufgehört. Es war nah. Viel zu nah.

»Es ist nur dein Herzschlag«, versuchte er sich

62

einzureden. »Du bist es einfach nicht mehr gewohnt, so schnell zu rennen. Mach eine Pause, die Ranken sind nicht mehr hier. Es ist sicher.«

Doch das war eine Lüge.

Als er wieder nach vorne blickte, stockte ihm für einen Augenblick der Atem, sein Herz überschlug sich und er stoppte, fiel bäuchlings auf die Steine, riss sich die Haut am Bauch und an den Unterarmen auf und krabbelte von der Straße herunter. Das spitze Gestein drückte in die frischen Wunden und er spürte, wie der Sand sich in sie hineinrieb. Er hatte sich beim Sturz leicht nach links gedreht und seine Hüfte pochte an der Aufprallstelle schlimmer als alles andere.

Auf der Straße stand ein Braunbär auf allen Vieren, in der Größe eines Kleinwagens, mit in den Boden gegrabenen Krallen. Zwei an jeder Tatze, fast so lang wie sein eigener Unterarm. Das Fell schimmerte in den einzelnen Lichtstrahlen, die sich den Weg durch das dichte Blattwerk gekämpft hatten, in einem bräunlichen Rot. Markus sah nur noch die schwarzen, tiefen Augen der Bestie, bevor er sich fluchtartig in einen Busch zog, sich durch das Unterholz kämpfte und sich einen Meter weiter aufrappelte und weiterrannte.

»Ich habe dein Auto zerkratzt«, hatten die Augen des Bären gesagt, das wusste er.

Während er von der Straße abdrehte und in Todesangst in den Wald hineinlief, verteilten sich die Einzelteile seines zersplitterten Handys, abgesprungen durch den Aufprall auf die Steinstraße und zersplittert durch die krachende Hüfte, in seiner Hosentasche und stachen durch den Stoff. In dieser Richtung war die nächste Straße zwanzig Kilometer weit entfernt.

Markus rannte trotzdem.

Weg.

Einfach nur weg.

Der vermeintliche Bär, eigentlich ein verängstigtes Reh, das zufällig auf der Straße gestanden hatte, war sofort umgedreht und hatte sich auf der anderen Seite ähnlich schockiert davongemacht. Wenige Minuten später hatte es sich wieder beruhigt und das Treffen mit dem Menschen längst vergessen.

Markus kam an einem Hang an, stolperte ihn hinunter und landete an einem zwei Meter breiten Bach, in dem das Wasser klar vor sich hinplätscherte. Ohne zu zögern, trat er hinein, spürte, wie das Wasser über seine Schuhe schwappte und seine Socken und Füße benässte. Es stand ihm an der tiefsten Stelle bis zu den Knien. Kurz blieb er stehen, drehte sich um.

Von dem Bären war nichts zu sehen und das sollte auch so bleiben.

Einige Mücken hatten den Geruch nach Schweiß und Blut bereits bemerkt und surrten um seinen Kopf herum. Sie ließen sich auf seiner Haut nieder und fingen an, sich an ihm zu laben, doch er beachtete sie nicht.

Mit festen Schritten, die den Sand aufwirbelten und das Wasser in seiner Umgebung braun färbten, stapfte er flussabwärts. Das Blut tropfte ihm weiterhin aus den Wunden, auch wenn die Menge abgenommen hatte, und es bildete sich Schorf, weich genug, dass die mikroskopisch kleinen Stechrüssel ihn noch durchbohren konnten und ein ekelhaft juckendes Gefühl hinterließen. War er gerade eben erst hingefallen, oder war es schon eine Stunde her, dass er losgelaufen war? Markus konnte es nicht einschätzen.

Er hetzte den Bach einige Minuten weiter entlang, atmete schwer und rasselnd, bis er letztendlich auf der anderen Seite hinaustrat. Erschöpft schlug er sich durch zwei Büsche hindurch und sank an einem Baum zu Boden. Es war ein normaler Baum, keine Blutbuche, davon hatte er sich vorher überzeugt.

Der Bär hatte seine Fährte durch das fließende Wasser sicherlich verloren, wenn er ihn denn überhaupt verfolgt hatte.

Markus ließ seinen Kopf nach hinten sinken, lehnte sich gegen den Stamm und schloss seine Augen. Er atmete heftig durch den Mund. Kurz musste er schmerzhaft husten und spuckte einen Schleimklumpen aus.

Das Surren der Insekten wurde wieder lauter und er sah die kleinen, schwarzen Punkte, die sich auf seiner Haut absetzten. Kraftlos schlug er nach ihnen, viele stoben hoch, aber er erwischte trotzdem zwei oder drei Viecher. Einige Male fuchtelte er vor seinem Gesicht herum, um sie erneut zu verjagen, aber irgendwann ließ er sie gewähren. Über die Mückenstiche konnte er sich später Sorgen machen.

Ein frustriertes Brummen entfuhr seiner Kehle. Hier war er also. Markus Baack. Vater, Ehemann, Angestellter und vor allem ein verdammter Versager. Als er heute Morgen aufgestanden war und sein Kopf automatisch das Worst-Case-Szenario abgespielt hatte, hatte er sich nicht das hier vorgestellt. Sein Wagen war bis zur Unbräuchlichkeit demoliert und er befand sich auf der Flucht vor blutrünstigen Ranken und einem Braunbären und hatte dabei – das war ja klar – auch noch die Orientierung verloren.

Vielleicht war das das Karma von einem gerechten Gott, der ungern zusah, wie Menschen logen und betrogen und seinen Planeten aufbohrten, um nach schwarzem Brennstein zu graben. Denn im Grunde war es das, was Markus, seit er aus der Schule raus war, in seinem Leben getan hatte. Familien wegjagen, Leben zerstören, ein bisschen Trostgeld hinterherschmeißen, nur damit riesige Löcher in die Natur gerissen werden konnten und irgendwelche reichen Männer noch reicher wurden, reich lebten und reich starben, ohne die Konsequenzen ihres Handelns zu spüren.

Immerhin konnte er nach dieser Sache einen Neuanfang wagen. Einen neuen Job suchen. Etwas,

66

ohne arme Leute übers Ohr zu hauen und sich für eine Wohnung in der Großstadt in die Schussbahn von Umweltschützern zu schmeißen. Das war allerdings der einzige Trost in dieser Situation.

Das Problem mit seinem Sohn und seiner Frau musste er wieder hinbekommen. Sie mit einem neuen Zukunftsplan für sich gewinnen. Inga würde bei ihm bleiben und damit auch Phillip.

Er musste unweigerlich grinsen. Phillip würde bestimmt gar nicht genug von den Geschichten bekommen, die sein Papa zu erzählen hatte, wenn er nach Hause kam. Von Ranken und Bären und dem grummeligen Dorfvolk.

Instinktiv wanderte seine Hand in die Tasche und fischte das Handy heraus. Er hätte sich jetzt nichts lieber gewünscht, als mit seinem Sohn zu reden und von seiner Frau getröstet und beruhigt zu werden.

»Scheiße«, murmelte er und beäugte den dunklen, zersplitterten Bildschirm, der von hellen Rissen durchzogen war und einer Sonne ähnelte. Er versuchte, es anzuschalten, aber nichts passierte. Als er das Handy umdrehte, wusste er auch, warum.

Die hintere Abdeckung war in zwei Teile zerbrochen und der viereckige Akku verbogen, ohne jedoch aufgeplatzt zu sein; Plastiksplitter hingen im Rahmen.

»Scheiße«, sagte Markus noch einmal und blickte mit müden Augen auf den Schrott in seiner

Hand. Jetzt war das Handy auch noch blutverschmiert und die Schmerzen, die er bei der Flucht durch den Bach fast vergessen hatte, kehrten zurück. Es gab keine Möglichkeit, seiner Familie Bescheid zu geben oder wenigstens herauszufinden, wo er gerade war. Wütend warf er die Reste des Handys in einen Busch.

Markus wäre sicherlich erleichtert gewesen, wenn er gewusst hätte, dass das Handy kurz vor seinem Sturz Empfang gehabt und die Nachricht von gestern Abend an seine Frau geschickt hatte. Doch dabei hätte er, wie seit dem ersten Tag seiner Ehe, seine liebe Frau falsch eingeschätzt.

Inga war davon überzeugt, dass Markus nicht im Dorf übernachtete, sondern sich nach getaner Arbeit eine billige Nutte gesucht hatte. Und auch als er nach der zweiten Nacht immer noch nicht zurückgekommen war, tat sie nichts, um ihm zu helfen. So konnte sie wenigstens ungestört Zeit mit ihrem Phillip verbringen und ihm davon erzählen, dass sein Vater keine Sekunde an ihn gedacht hatte. Sie fing erst an, sich Sorgen zu machen, als irgendwann später in der Woche das Telefon klingelte.

Doch von all dem wusste Markus nichts. Er wusste nur, dass sein ganzer Körper wehtat. Die Hüfte, so schätzte er, war geprellt, als er beim Sturz auf seinem Handy gelandet war, aber so genau konnte er es nicht sagen.

Woher denn auch?

68

Seine letzte, schlimmere Verletzung lag schon so lange zurück, dass damals an die Geburt seines Sohnes noch gar nicht zu denken gewesen war, und außerdem hatte es sich dabei um den Bruch einer linken Rippe gehandelt und sich auch wie ein solcher angefühlt, und nicht etwa wie eine Prellung. Markus konnte also nur vermuten, dass es eine Prellung war, auf jeden Fall tat es weh. An seiner aufgerissenen Hand konnte er kaum noch Haut erkennen. Die Finger und der Handteller waren blutverschmiert und der dunkle Sand klebte an und in seinen offenen Wunden. Der tiefe Stich pochte bei jedem Herzschlag und er war sich sicher, dass er sich entzünden würde, wenn er nicht bald etwas dagegen unternahm. Sein Daumen hatte sich einmal entzündet, als Tabasco ihm beim gemütlichen Spielen die Krallen in die Hand geschlagen hatte. Zuerst war die Wunde dick und rot geworden, dann hatte sie geeitert und am Ende war er im Krankenhaus gewesen und konnte von Glück sagen – so hatte der Arzt es ausgedrückt –, dass man seinen Daumen nicht abnehmen musste. Diese Art von Schmerz wollte er ungern erneut erleben, vor allem in dieser Situation, in der sich das nächste Krankenhaus weit weg befand.

Ächzend rappelte er sich auf, stützte sich beim Aufstehen mit einer Hand auf seinem Knie ab und fluchte, als er den roten Abdruck auf seiner Jeans bemerkte. Erst jetzt nach der Pause bemerkte er die Schwere in seinen Beinen. Seiner Einschätzung nach hätte er auch einen Marathon gelaufen sein können.

Er zwängte sich zwischen den Büschen hindurch, die ihm während seiner Ruhezeit Sichtschutz geliehen hatten, und ging zum Bach zurück, aber blickte sich vorher gründlich nach dem Bären um. Von ihm war allerdings nichts mehr zu sehen, noch zu hören, noch zu riechen.

Das kalte Wasser auf seiner Haut tat gut und kühlte seine Wunden. Auch den Sand bekam er notdürftig abgespült, sodass nur noch einzelne Körner kleben blieben, die er nicht weiter beachtete. Er wusch sich auch die aufge-schrammten Unterarme ab und zischte andauernd alle möglichen Flüche ins Wasser.

Die Wunden an den Fingern hatten zum Glück aufgehört zu bluten, doch der zerstochene Hand-teller war immer noch offen und glänzte im Licht der Mittagssonne.

»Okay, Sir Vival, Zeit, erfinderisch zu werden«, murmelte er vor sich hin und verließ den Bach, trocknete seine Hände an der Hose ab. Die Blut-flecken, die er niemals aus dem Stoff würde rauswaschen können, beachtete er gar nicht mehr.

Er suchte die Reste seines Handys auf dem Waldboden, fand sie, und zupfte sich einige scharfe Splitter ab. Dann zog er seine Jacke aus und betrachtete sie. Sollte er oder sollte er nicht? Sie war immerhin warm und auch wenn es ein sonniger Tag war, wusste Markus nicht, was die

70

Nacht für ihn bereithielt.

Wahrscheinlich war eine Teerstraße direkt in der Nähe und er musste nur lauschen, ob die Geräusche von vorbeifahrenden Autos zu hören waren. Dann würde er die Nacht zu Hause in seinem warmen Bett verbringen. Vielleicht würde sich Inga sogar an ihn kuscheln.

Oder das Dorf würde in wenigen Metern vor ihm auftauchen, auch wenn er sich über die Teerstraße mehr freuen würde. Elmar hatte schon gestern Mitleid mit ihm gehabt, vielleicht dürfte er dort noch einmal übernachten. Die Chancen standen gut, dass er bis zum Abend wenigstens irgendetwas entdecken würde. Je nachdem, wohin er ging oder was er tat, so war es nicht auszuschließen, dass er die Nacht trotzdem im Wald verbringen musste, aber wie wahrscheinlich war das schon?

Also legte er seine Jacke auf einen Stein und schnitt sich ein paar Stoffstreifen davon ab. So gut er konnte, verband er seine Wunden, was nicht besonders gut war, horchte dabei in den Wald hinein und blickte sich regelmäßig um, doch bis auf das Plätschern des Baches, ein paar Vögel und die Mücken, die ihn begleiteten und sein Blut tranken, entdeckte er nichts.

Er beschloss, dem Bach zu folgen, denn er meinte, auch in Ennersberg eine kleine Brücke gesehen zu haben, also musste er nur dem fließenden Wasser hinterherlaufen und würde an dieser

Brücke ankommen. Und auch wenn er nicht in Ennersberg ankäme, dann würde er in einem anderen Dorf landen oder an einem größeren Fluss oder dem Meer, jedenfalls wäre er früher oder später wieder zu Hause und würde sich erholen können.

Er steckte sich noch drei scharfe Plastiksplitter in die Hosentasche, ohne zu wissen, für was er sie gebrauchen könnte – aber schaden taten sie auch nicht – umwickelte sie vorher vorsichtig mit einem übriggebliebenen Stück Stoff und folgte dem Bach auf der linken Seite.

8

*E*r beobachtete den Fremden die ganze Zeit. Wie er fortlief, seine Wunden reinigte, sich verarztete. *Er* amüsierte sich an den Mücken, die das Blut des Fremden tranken und erwischte sich dabei, sich zu wünschen, selbst eine Mücke zu sein. *Er* mochte den Fremden nicht, denn er störte die Ruhe in *seinem* Wald. Er verdreckte das Wasser, verscheuchte die Tiere. Aber *er* war sich sicher, dass das bald aufhörte. Das tat es immer.

Seine kleine Spielerei mit dem Bären hatte genügt, um den fliehenden Fremden in die richtige Richtung zu lenken.

Weiter weg vom Rand des Waldes und wieder Richtung Dorf. Wäre der Fremde schlau gewesen, hätte er gewusst, dass es in dieser Gegend gar keine Braunbären gab und der Bär ihn gar nicht hätte verletzen können. Ein dummer, ängstlicher Fremder.

Er würde ihn nicht mehr gehen lassen.

Es war Dienstagmittag und *er* wusste, dass es bald so weit sein würde.

Hab' ihn weggejagt, hab ich«, sagte Fritz und schniefte laut. Der Rotz unter seiner Nase war bereits zu einer harten, eitergelben Kruste geworden.

»Weggejagt?«, fragte Martha.

Elmar nahm sich den Laib Brot und schnitt drei dicke Scheiben ab, verteilte sie auf den Holzbrettern auf dem Esstisch und hörte aufmerksam zu. Als Martha und er heute Morgen aufgestanden waren, hatte Fritz schon allein im Wohnzimmer gespielt. Markus war fort gewesen.

»Ja, hab' böse geguckt und gesagt habe ich dann, dann habe ich gesagt, dass er gehen soll, sonst gibt es Ärger. Und, und dann hat er seine Sachen genommen und ist weggelaufen. Ist vor mir weggelaufen und ich hab' geknurrt, damit er schneller läuft und, und dann ist er noch schneller gelaufen.«

Die Wörter sprudelten aus Elmars Sohn heraus und er hatte dabei den Gesichtsausdruck, den er immer hatte, wenn er Geschichten erfand.

»Der hatte ganz viel Angst vor mir gehabt, hat der.«

»Du kleiner Wildling«, sagte Martha lachend und verwuschelte ihm die blonden Haare. Die hat er von seiner Mutter geerbt, dachte Elmar.

»Hab ich, hab ich das gut gemacht, Papa?«

»Ja, ganz toll«, sagte Elmar mit einem ironischen Unterton, den der Kleine noch nicht verstand und schnitt sich ein paar Käsescheibchen zurecht. Martha lachte wieder kurz auf.

»Aber, Fritz«, sagte sie dann. »Warum hat er dann von uns ein Brot mitgenommen, wenn er so viel Angst gehabt hat?«

Fritz biss in sein Butterbrot und kaute mit offenem Mund. Das tat er besonders langsam und seine kleinen Äuglein sprangen nachdenklich hin und her.

»Er, er hat das Brot nicht genommen, denn er ist weggerannt von mir«, war seine Antwort. »Ich hab' es gegessen, nachdem ich ihn weggejagt hab.«

»Aha! Na, dann solltest du lieber kein Frühstück essen, sonst wirst du noch so dick wie Gysilde«, sagte Martha und zog langsam Fritz' Brett weg.

»Was nichts essen?«, fragte er und versuchte, es sich zu schnappen. Er guckte grimmig drein. »Ich habe heute noch nichts gegessen, hab' ich nicht.«

Martha und Elmar lachten.

Nach dem Frühstück verließ Elmar das Haus und schritt die Dorfstraße entlang. Vor Markus' Autowrack blieb er stehen und kratzte sich am Kopf. Es hatte sich schon wieder verändert. Von den Ranken, die Markus vor zwei Stunden verletzt hatten, war nichts mehr zu sehen. Allerdings war der Wagen fast bis zur Hälfte im Boden eingesunken, ohne dass Elmar ein Loch finden konnte und auch die Erde um das Auto herum wirkte nicht so, als wäre es auf natürliche Weise halb verschlungen worden. Da war kein Treibsand, nein, die Erde war nicht einmal aufgelockert. Nichts deutete darauf hin, dass die Karre vor wenigen Stunden noch normal auf der Straße gestanden hatte. Im Inneren wuchsen die ersten Gräser und eine kleine Efeupflanze ringelte sich von außen durch das zerstörte Fenster und versuchte, sich am Dach abzusetzen.

Elmar kniete sich auf den Boden, nahm einen kleinen, flachen Stein in die Hand und begann damit den festen Grasboden aufzuhacken und schaufelte ein kleines Loch, nur ein paar Zentimeter tief. Es hätte immer noch sein können, dass der Rest des Autos sich in Luft aufgelöst hatte oder jemand, so unrealistisch die Vorstellung auch war, das Auto in der Mitte durchgesägt und den Rest mitgenommen hatte. Hier in dem Dorf wusste man ja nie.

Aber unter der grasbewachsenen Erde sah er einen weiteren Teil des Metalls, das Auto versank also ganz normal, wie alles im Waldboden versank. Die Natur kam stets zurück, egal, welchen Fortschritt die Menschen machten.

Plötzlich hörte er langsame, schlurfende Schritte hinter sich und das regelmäßige Pochen von Holz auf Stein. Als er sich – mit einer leichten, respektierenden Angst, das musste er zugeben – aufrappelte und sich umdrehte, atmete er erleichtert aus.

76

»Guten Morgen«, begrüßte er den Ältesten des Dorfes.

»Tag«, gab Werner zurück und kam mit seinem Gehstock näher. Dicke, faltige Ringe verzierten die kleinen Augen, die beobachtend hin- und hersprangen. »War das gestern auch schon so?«

Elmar schüttelte den Kopf. »Hab' es gerade erst entdeckt.«

»Tja dann«, sagte Werner und klopfte mit dem Gehstock prüfend gegen das Metall.

»Was, dann?«

»Sei nicht so dumm, Elmar. Das hier wird das Zeichen sein. Warum sollte ein Auto sonst im Boden versinken?«

Elmar kniff verärgert die Augen zusammen und blickte Werner für einen Moment an. Natürlich war es das Zeichen, das war ihm bewusst, aber die Aufgabe, die man ihm aufgetragen hatte, wenn so ein Zeichen erscheinen sollte, ja, die wollte er doch ganz gerne hinauszögern. Bei Werner halfen allerdings keine Diskussionen und Betteln und Flehen schon gar nicht, das war allen Dorf-bewohnern bewusst, und so auch Elmar.

Daher schnaufte er, ließ seine Schultern hängen und ging wortlos zum Schuppen hinter seinem Haus, wo er seine Werkzeuge aufbewahrte. Je früher er anfing, desto schneller war es geschafft. Und es musste eben getan werden. Er griff nach der Schaufel und begann mit seiner Aufgabe.

10

Markus fühlte sich mies. Nicht nur, dass seine Wunden pochten und er vor einem Bären floh, nein, sein Wagen war kaputt, seine Beine schmerzten und Geld für ein neues Handy hatte er auch nicht, vor allem nicht, wenn er nach Hause kam, gefeuert wurde und sein bisheriges Leben und seine Familie verlor. Die Tasche mit Laptop und Beamer hatte er auch im Auto vergessen.

Und dann, und das hatte ihm gerade noch gefehlt, fing sein Bauch an zu knurren. Frisches Wasser war kein Problem; auch wenn er sich anfangs gesträubt hatte, von einem Bach zu trinken, hatte er sich irgendwann trotzdem dazu überwunden. Vielleicht würde er später Durchfall bekommen, vielleicht auch nicht. Vorerst blieb es jedenfalls im Bauch und überhaupt hatte er andere Probleme.

Die Mücken, die unnachgiebig um seinen schweißüberströmten Körper surrten und sich an den Rändern der Wunden niederließen – nicht an der verbundenen Hand, zum Glück –, raubten ihm jegliche Geduld. Seine Haut juckte fürchterlich und für jede Mücke, die er zerklatschte, tauchten gefühlt drei neue auf.

Die Wärme war mittlerweile so unangenehm geworden, dass ihm das Atmen schwerfiel und während das Vorankommen im und am Bach, im Vergleich zum Dickicht des Waldes, wesentlich einfacher war, brannte dort, aufgrund des mangelnden Blätterdachs, die nachmittägliche Sonne hinab, erhitzte das dunkle Kiesbett, sodass die unerträgliche Wärme nicht nur von einer Seite kam. Einen Sonnenstich wollte Markus nicht riskieren, also schlug er sich durch das schattige Unterholz.

Er trottete bereits seit einer Stunde den Bach entlang, riss sich an stabil aussehenden, aber dann doch brechenden Ästen die Haut an den Beinen auf, und fragte sich, wann er endlich etwas entdecken würde. Eine Trance, die ihn in einen dankbaren Trott versetzen und ihn Welt und Zeit vergessen lassen würde, wurde ihm durch den unregelmäßigen Schmerz und das Jucken verwehrt. Die Zeit zog sich grausam dahin. Der Wald war still, aber die roten Buchen – Markus begann sie zu zählen –, die immer mal wieder zwischen den normalen Bäumen auftauchten, ließen sein Herz stets schneller schlagen. Als würde etwas mit ihnen nicht stimmen, als wären *sie* für sein Leid verantwortlich. Je näher er an diesen Blutbuchen vorbeiging, desto stärker war auch der Verwesungsgeruch des Harzes.

Markus wich gerade einem großen Gebüsch aus, trat auf eine unebene Stelle, knickte um und stolperte ein paar Schritte nach links. Er trat in dichtes Gestrüpp und schrie auf. Schnell zog er sein Bein wieder zurück.

»Gottverdammte Scheiße!«, fluchte er.

79

Ein kleines Stück über seinem linken Fußknöchel hatte sich etwas tief in seine Haut gebohrt und ein schmaler Faden Blut lief ihm aus der frischen Wunde. Ein paar Mücken rochen es sofort und setzten sich ab.

Die Wunde war nicht tief, brannte mit der Intensität einer angepackten Brennnesselpflanze und ließ Markus frustriert aufseufzen.

Sein Blick richtete sich auf das Gewächs, das ihn verletzt hatte und seine Laune verbesserte sich schlagartig. Die Kopfschmerzen, von dem aufkommenden Hunger und der ungewohnt langen Anstrengung kräftig pochend, gerieten in den Hintergrund.

»Dann kommt mal her, ihr Süßen«, murmelte Markus, griff nach einer Brombeere und steckte sie sich in den Mund. Der süße Saft verbreitete sich schnell und genüsslich verschlang er weitere, erfreute sich am Gefühl seines sich füllenden Bauchs. Die kleinen Samen blieben zwischen seinen Zähnen stecken. Das war egal. Hauptsache, er konnte essen.

Er hatte gar nicht bemerkt, dass sein Hunger so stark geworden war. Vielleicht war er doch schon länger unterwegs, als er vermutete.

»Oder es liegt an dem Morgentau auf den Stacheln«, gab sein Hirn zu bedenken. »Das Gift macht dich schwach. Du bist schwach. Du wirst hier sterben.«

Markus erinnerte sich. Ja, da war doch dieses

Funkeln auf den Dornen der Ranke gewesen. Vielleicht war es Morgentau gewesen, so früh am Morgen schien das nicht unrealistisch.

Aber was, wenn es tatsächlich Gift gewesen war, wie sein Unterbewusstsein ihm sagte? Vielleicht hatten die Dorfbewohner die Pflanze damit eingeschmiert, um ihn noch weiter zu demütigen. Ganz sicher. Das Gift an den Stacheln hatte dafür gesorgt, dass er hungrig war. Es gab keine andere Lösung.

Der Hass auf die Ennersberger brodelte erneut in ihm hoch. Nicht nur, dass sie seinen Job und seine Familie zerstörten, nein, sie vergifteten ihn auch noch und demolierten sein Auto. Markus musste das klären. Musste zur Polizei gehen. Und dann würde das verdammte Drecksdorf abgerissen werden und jegliche Geschichte, die es in diesem Kaff gegeben hatte, würde in einer stinkenden, gigantischen Kohlegrube versinken.

Aber wo gab es in dieser Gegend eine Polizeistation? Das Handy war kaputt, anrufen konnte er nicht und Elmar hatte gemeint, dass es kein Telefon in Ennersberg gab, was aber genauso gut eine Lüge hätte sein können, um ihn, den Fremdling, abzuwimmeln.

Für einen kurzen Moment überlegte Markus, ob er umdrehen sollte, um den ganzen Weg zurückzugehen, während er weiter die Beeren in sich stopfte und der Saft an seinen Mundwinkeln hinablief.

Er fragte sich, ob er den Weg zurückfinden

würde. Dem Bach folgen, das konnte er, aber würde er die Stelle wiedererkennen, wo er ihn das erste Mal betreten hatte? Vielleicht musste er auf das Blut auf den Kieselsteinen achten. Der Bär war sicherlich schon längst weitergezogen.

Gerade als er seinen neuen Plan umsetzen wollte, ließ ihn eine Bewegung im Gebüsch innehalten. Dann taumelte er zurück, formte instinktiv seine Hände zu Fäusten und zerdrückte unbewusst ein paar Beeren. Gebannt starrte er auf das Brombeergewächs.

Nein, nein!

Nicht hier!

Wie konnte das sein?

Bitte nicht hier, bitte, lass sie aufhören!

Eine kleine, pelzige Tiergestalt trat aus dem Busch hervor. Das Fell, gelblich und an vielen Stellen abgerissen, war von Stacheln bestückt. Vom schmalen Kopf war nicht mehr geblieben, als eine Knochenfratze, genau die, die er vor vielen Jahren in der Scheune gesehen hatte, doch die grünen, klaren Augen, deren Pupillen zur Jagd geweitet waren, wirkten intakt und betrachteten ihren früheren Besitzer.

»Tabasco«, flüsterte Markus. »Ganz ruhig. Hey, Kleiner.«

Nervös wich er einen Schritt zurück, während Tabasco langsamen Schrittes aus dem Brombeerbusch kroch. Natürlich war Markus sich bewusst, dass er entweder träumte, dem Wahnsinn

82

nahestand oder der Nährstoffmangel seine Sinne verdrehte. Trotzdem wollte er es nicht darauf ankommen lassen.

Während Tabasco seinen Rücken aufbäumte, sein fauliges Spitzzahnmaul aufklappte und ein markerschütterndes Fauchen ausstieß, griff Markus nach einem Stock und schlug auf seinen toten Kater ein. Blätter raschelten beim Aufschlag, etwas riss ihm den Stock aus der Hand und von einem Augenblick auf den anderen verschwand Tabasco wieder so schnell, wie er erschienen war. Markus hatte bloß eine wehrlose Pflanze geschlagen und lachte nervös auf.

Danach allerdings, und diesmal war es weder ein Traum, noch Wahnsinn oder gar sein Stoffwechsel, bewegte die Brombeerpflanze sich wabernd und die Ranken mit ihren stechenden Dornen peitschten nach vorne. Markus wich weiter zurück, sein Fuß verfing sich im Unterholz und er stürzte zu Boden. Hart schlug er mit dem Rücken auf; der Aufprall presste die Luft aus seiner Lunge.

Rücklinks krabbelte er weiter zurück, spürte die Schmerzen an seinen Händen aufwallen, als der unebene, teilweise spitze Boden in seine Wunden stach und sie so sehr aufriss, dass sie wieder zu bluten anfingen.

Als er ein weiteres Mal zum Busch blickte, wirbelten die Ranken wütend, wie ein dunkel-grüner, aufblasbarer Werbe-Skydancer bei einem Sturm. Nach und nach fielen die Ranken leblos zu

83

Boden, krochen noch wenige Zentimeter auf ihn zu und erstarrten dann. Vor ihm befand sich nur eine Brombeerpflanze. Nichts weiter. Keine Bewegung war erkennbar, bis auf das leichte Schwanken durch den lauen, kaum wahrnehmbaren Wind.

»Aber sind die Dornen benässt?«, fragte sein Unterbewusstsein. Sein gutes, großes Hirn. Immer mit den besten Einfällen. Es sorgte dafür, dass er nicht komplett den Verstand verlor. Er hatte seinen Kater gesehen und er hatte auch gespürt, dass die Ranken nach ihm gegriffen hatten. Was davon war nun Wirklichkeit?

Markus stand auf, zuckte vor Schmerzen zusammen, als ein Stich durch seine Wirbelsäule jagte und biss die Zähne aufeinander. Scheinbar war er sehr unglücklich gefallen und hatte sich seinen Rücken verletzt. Er konnte aber noch alles bewegen und auch seine Atmung stabilisierte sich wieder, so gut es eben ging.

Angespannt schlich er zum Busch zurück, achtete darauf, nicht in die Nähe der Ranken zu kommen. Er verzog angewidert das Gesicht, als er die Flüssigkeit an den Dornen glitzern sah. Das konnte kein Morgentau sein, der Morgen war schon lange vorüber und das Wasser wäre durch die Wärme des Tages schon hundertmal verdampft. War es also doch Gift? Wieso war es hier? Wieso war es auf den Ranken bei seinem Auto gewesen?

Oder hatte ihn die lebendige Pflanze doch

84

schlimmer erwischt, als er angenommen hatte? War die Flüssigkeit auf den Dornen sein eigenes Blut gewesen, weil ihm Fleisch aufgerissen oder gar Körperteile abgeschnitten worden waren, sein Hirn es aber noch nicht realisiert hatte? So viele Gedanken, die sortiert werden mussten, aber so wenig Zeit, um Gedanken zu sortieren, außerdem viel zu viel Angst, ja, unangenehm viel Angst, sogar. Mit so einem Kopf konnte man nicht arbeiten und ums Überleben kämpfen.

Markus musste es trotzdem tun.

Er nahm wieder Abstand zum Gewächs und betastete sich. Seine Hüfte war geprellt, sein Rücken machte es ihm schwer, gerade zu stehen, die Bandagen hatten sich durch die aufgeriebenen Wunden verdunkelt, doch neue Verletzungen konnte er nicht erkennen, außer den kleinen Einstich am Bein.

Es war also nicht sein Blut an den Dornen, seine Körperteile waren noch dran.

Das war gut. Immerhin konnte er weiterleben und verblutete nicht einsam und allein. Aber das bedeutete auch, dass es eine unbekannte Flüssigkeit sein musste.

Markus wandte sich von der Pflanze ab und trottete zum Bach zurück, wusch seine Wunden ein weiteres Mal aus, verarztete sich mit mehr Jackenresten und atmete durch. Kein Bär in der Nähe, keine Ranken.

Es war sicher.

Er würde auf keine weiteren Ranken treffen, wenn er direkt am steinigen Bachufer entlanggehen würde. Dort gab es nur Wasser, Sand und Stein.

Und die Sonne.

Er starrte in den Himmel und kniff die Augen zusammen. Sie brannte auf ihn hinab, erbarmungslos und heiß. Es war ihr egal, wie sehr er litt. Sie brannte und stach und das war alles, was sie konnte.

11

Zur gleichen Zeit, hunderte Kilometer weit weg, saßen Phillip und Inga auf einer Bank an einem Rondell aus farbenfrohen Tulpen und genossen das gute Wetter. Ihr Sohn aß gerade die zweite Kugel Erdbeereis, während Inga, nicht gerade unauffällig, Kerle in ihrem Alter beäugte und ihnen ihr hübsches, freches Lächeln entgegenwarf, in das Markus sich vor vielen Jahren verliebt hatte.

Sonnenmilch glänzte auf ihrer makellosen Haut und sie hatte ihre Beine übereinandergeschlagen, die nur von einem knappen Rock verdeckt waren. In ihrer Tasche befand sich eine Flasche Wasser für sich und ihren Phillip, ein Handy mit Empfang (76% Akku), ein kleines Erste-Hilfe-Set mit Pflastern, Desinfektionsmittel und eine Sonnenbrille. Hätte sie gewusst, dass Markus sich komplett allein in einem Wald verirrt und etliche Wunden erlitten hatte, und dem nächsten Dorf, das nicht Ennersberg war, den ganzen Tag kein Stück näher gekommen war, hätte sie vielleicht jemanden angerufen. Aber sie war beleidigt, dass er sich nicht gemeldet hatte, obwohl er sich gemeldet hatte. Nur nicht genug. Und wenn sie gewusst hätte, dass ein Gift, erst durch die Ranken am Wagen, jetzt durch die Dornen am Brombeerstrauch, sich durch seine Blutbahn schlich und ihn Stück für Stück gefügiger machte, hätte sie bestimmt jemanden angerufen. Aber das wusste sie nicht, also genoss sie das Wetter, flirtete und fühlte sich nicht schuldig dabei. Schließlich war sie davon überzeugt, dass irgendjemand bei Markus war. Dass er mit irgendjemandem Zeit verbrachte und eigentlich mit der Arbeit schon längst fertig war, irgendwo in einem billigen Hotel hockte und dort mit irgendeiner billigen Nutte rummachte.

Ja, so war der Markus immer schon gewesen, hatte sich nie zufrieden gegeben, wenn sie im Bett dalag und nichts tat, hatte sich sogar beschwert und Spielzeuge gekauft, um es aufregender zu machen, aber für sie hatte es sich seit sie ihn kannte wie eine Pflicht angefühlt. Sie war die Frau, er war der Mann; er wollte nur Körperliches, sie ein Kind und einen Kerl, der sie versorgte. So war das eben. So war das schon immer gewesen.

Dass er sie überhaupt nackt hatte sehen dürfen, hätte eigentlich Grund genug sein sollen, sie zu einer Millionärin zu machen. Und während sie sich um Phillip kümmern musste und einfach nur Mutter sein durfte, hing er an den Titten irgendeiner Schlampe.

Aber damit lag Inga falsch. Markus war bei keiner Nutte.

Markus war verschollen.

Aber in einem Punkt hatte sie nicht ganz unrecht. Jemand war bei Markus. Ganz in der Nähe.

Und *er* hatte immer noch Hunger.

88

12

Eine halbe Stunde später war Markus immer noch unterwegs, hatte nur den Bach und die Bäume gesehen. Diese verdammten roten Bäume, die ihn seit seiner Ankunft in Ennersberg verfolgten. Wenn er gekonnt hätte, hätte er den ganzen Wald ausgerissen und jedes Tier, jedes Insekt und vor allem jede abartige Mücke vernichtet und ausgemerzt.

Die Realität sah jedoch anders aus.

Seine Sicht war die letzten Minuten immer weiter verschwommen. Er fühlte sich schwach und der Schweiß lief ihm in Bächen über die Haut. Die Mücken surrten und tranken; er schlug schon gar nicht mehr nach ihnen, sondern nahm es einfach so hin. Immer wieder drückte er seine Lider fest zu, um besser sehen zu können, rieb sich damit jedoch nur den salzigen Schweiß weiter in die Augen. Sein Atem stieß hechelnd zwischen seinen geöffneten, spröden Lippen heraus.

Alle paar Minuten spritzte er sich Wasser auf seinen Körper, trank es, fühlte es schwer im Bauch liegen und durch seine Organe schwappen.

Das Ufer des Bachs wechselte von kleinen Sandböschungen zu unebenen Felsenrändern zu komplett zugewucherten Stellen aus Unterholz und Büschen, durch die er sich mühselig kämpfte und stets darauf achtete, keiner dieser Ranken ein weiteres Mal zu begegnen.

So ging es voran.

Meter für Meter.

Stück für Stück.

Dann, in einem kurzen Moment, in dem er wieder die Augen aus Erschöpfung und Schmerz zusammendrückte, trat er auf einen flachen, feuchten Stein und rutschte aus. Wild ruderte er mit den Armen, versuchte das Gleichgewicht zu halten. Ein erschrockenes »Ah!« entwich seinem Mund, bis er stürzte und sich den Kopf auf einem Felsen aufschlug.

Sein Körper entspannte sich und rollte in das friedlich vor sich hinziehende Wässerchen. Eine Hand hing leblos im Wasser und schien durch die seichte Strömung auf- und abzuschweben, die andere lag auf dem trockenen Steinbett.

Markus starb nicht.

Vielleicht wäre das aber besser für ihn gewesen.

Er erwachte irgendwann, sein Kopf war leer und tat weh. Alles drehte sich. Es war dunkel. Der Bach rauschte, sein Körper war kalt und die Haut durch das Wasser verschrumpelt und empfindlich.

Mühsam drehte er sich auf die Seite und übergab sich in den Bach. Eine rote Flüssigkeit, nicht dickflüssig genug, um Blut zu sein, schoss aus seinem Magen heraus; eine Mischung aus Brombeeren und Bachwasser. Mit einem kehligen Röcheln sank er zurück.

Er sah die Sterne.

Sie waren hell und schön und das war alles, was sie waren.

Er hörte das Surren von den Mücken, hörte den tiefen Bass der langsamen Flügel. Sie waren immer noch da und labten sich an den Stellen seines Körpers, die trocken geblieben waren. Kraftlos fuchtelte er sie weg. Das helle Summen verschwand, aber der surrende Bass blieb.

»So hören sich keine Mücken an«, flüsterte sein Unterbewusstsein. Gut, dass es noch da war, auch wenn es nicht mehr so gut funktionierte wie vorher. Was sollte es denn sonst sein, wenn nicht ein Mückenschwarm?

Markus fühlte die Übelkeit erneut in sich aufblühen und setzte sich mit einem Ächzen auf. Das Wasser, das sein Gesäß und seine Beine umspülte, nahm er kaum noch wahr, so erkaltet war sein Körper bereits.

Er sah sich um. Blickte es an. Atmete ein. Hörte das Brummen. Erblickte die Quelle des Geräuschs. Die gigantischen Flügel. Den armlangen Rüssel. Wunderte sich kurz. Bekam Angst.

Rannte.

13

Es gefiel *ihm* in der Gestalt einer Mücke durch *seinen* Wald zu fliegen. Genauso mochte *er* es, sich in einen Bären zu verwandeln oder die Ranken zu bewegen. Aber *er* konnte nur da sein. Eine Projektion, ein Bild. *Er* konnte nicht trinken, konnte nicht essen, konnte nicht verletzen.

Später.

Jetzt genügte es erst einmal, ihn zu treiben, ihn zu jagen, ihn in die richtige Richtung zu lenken. Zurück zu seinem Dorf mit den Bewohnern, die für *ihn* sorgten. Die treu waren und taten, was nötig war.

Er spürte den schmerzvollen Hunger, der *ihn* fast schon seit einer Ewigkeit begleitete. Nur manchmal konnte *er* ihn stillen. Jedes Mal war es das süßeste Gefühl auf der ganzen Welt und *er* konnte nicht genug davon bekommen.

Er jagte den Fremden den Bach entlang. Tatsächlich bewunderte *er* sein Opfer ein wenig. Es war ein zäher Brocken und obwohl er auch sehr ängstlich war, tat er alles in seiner Macht Stehende, um irgendwie zu entkommen. Ein Unterfangen, das natürlich komplett sinnlos war. Von Anfang an zum Scheitern verurteilt.

Vor allem jetzt, da der Fremde nicht nur durch das Gift und die Erschöpfung geplagt vor ihm floh, sondern auch das kalte Wasser seine Muskeln gelähmt hatte und eine Lungenkrankheit in ihm heranwuchs, war das Durchhaltevermögen bewundernswert.

Er flog in seinem neuen, unwirklichen Körper eine Kurve, um den Fremden vom Bach wegzudrängen. Wenn er weiter dort entlanglaufen würde, würde er es nicht sehen. Aber der Fremde musste es finden. Die Hütte; den vermeintlichen Schutz; die Sicherheit, die keine war. Möglichst schnell, damit *sein* Hunger gestillt werden konnte.

Und der Fremde tat, was von ihm erwartet wurde. Mit einem kurzen, panischen Blick über die Schulter wollte der Mann sichergehen, dass *er* tatsächlich da war. Dass *er* ihn tatsächlich verfolgte. *Sein* Abbild, *seine* Projektion. Nur ein Körnchen *seiner* Macht.

Dann rannte der Fremde in den Wald hinein, fort vom Bach, und konnte es nicht mehr übersehen, egal wie panisch, erschöpft und verletzt er war.

14

Markus' Lunge brannte und seine Beine fühlten sich so an, als würden sie jeden Moment aufgeben und ihn im Stich lassen. Das hämmernde Pochen und die Übelkeit seiner Gehirnerschütterung waren weit in den Hintergrund gerückt. Auch die beißende Kälte war egal geworden.

Leben. Er wollte leben.

Die wummernden Flügelschläge der Mücke vibrierten dicht hinter ihm. Er hatte sie nicht lange sehen können, dafür war er viel zu schnell geflohen, aber er schätzte, dass sie so groß wie ein Schäferhund war. Mit riesigen, durchsichtigen Flügeln, die langsam und rhythmisch brummten, verfolgte sie ihn; wollte, genauso wie ihre Geschwister vor ihr, sein Blut trinken und ihm sein Lebenselixier rauben. Wenn diese Kreatur ihn erreichte, war es vorbei.

Also rannte er.

Äste und Blätter schlugen ihm ins Gesicht, rissen seine Haut auf und versuchten, ihn festzuhalten und in die Knie zu zwingen, aber er war stärker.

Dann sah er es. Er hätte es gar nicht übersehen können, obwohl er verletzt, erschöpft und panisch war.

Markus hätte vor Freude fast aufgeschrien.

Licht. Warmes, flackerndes Licht.

Die Rettung. Hilfe. Endlich.

Er riss den Ast eines dicken Busches nach unten, sprang, stolperte über ihn und kam Meter für Meter näher. Der Luftzug der Flügelschläge spielte mit seinen Haaren und die Vibration ließ seine Brust erbeben.

Es war ein Haus.

Eine Straße.

Zivilisation.

Bald war er zu Hause bei seiner Familie.

Dann erreichte er die Tür, riss sie auf, dankte einem Gott, dass sie nicht verschlossen war und schlug sie hinter sich zu. Hier konnte ihm die riesige Mücke nichts anhaben. Endlich war er in Sicherheit.

Bestimmt konnte er telefonieren und dann würde es nicht mehr lange dauern. Die Polizei würde kommen, vermutlich; ein Krankenwagen auf jeden Fall. Und er würde Phillip in die Arme schließen können und Inga sagen, wie sehr er sie vermisst hatte. Er würde alles besser machen, sich Mühe geben. Alles würde gut werden, jetzt wo er in Sicherheit war.

Er hob seinen Blick und wollte schreien.

Ein erschrockenes Augenpaar war auf ihn gerichtet. Aber nicht nur Schrecken lag darin. Der Blick wirkte auch außerordentlich verwundert.

Das Baby in der Wiege fing an zu weinen, aufgeweckt durch den lauten Knall der Tür. Martha nahm es sofort auf den Arm, richtete sich auf und wich bis zum Ende des Wohnzimmers zurück, passierte die Küchenzeile mit dem Topf und dem Besteck, an einem gemütlichen Sofa vorbei und stellte sich neben das knisternde Kaminfeuer. Sie trug ein weites, vergilbtes Nachthemd, das ihr bis unter die Knie reichte.

»Was willst du hier?«

»Telefon. Bring mir ein Telefon!«, brüllte Markus und schnappte wild hechelnd nach Luft. Wieder verschwamm sein Blick und er stützte sich an einem Tisch ab, versuchte sich zu erholen, so gut es eben ging.

»Wir haben hier kein Telefon«, sagte Martha. Ihre Stimme zitterte. Das Baby brüllte laut. Sie wiegte ihren Sohn sanft und machte beruhigende Zisch-Laute.

»Dann bring mich zu jemandem, der eins hat«, befahl er und wollte die Tür aufmachen, erinnerte sich dann wieder daran, was ihn draußen erwartete. Auf ihn lauerte. »Nein, geht nicht. Wir müssen uns verstecken und bewaffnen.«

Sein Blick raste durch das Zimmer, suchte nach irgendetwas, das seine Überlebenschancen erhöhen würde. Ein Messer lag an der Küchenzeile neben einem Stück Brot.

»W-Was ist denn los?«, fragte Martha verwirrt und ängstlich. Markus benahm sich ganz anders als gestern Abend. Das machte sie nervös. »Ist da draußen etwas?«

Er war wütend. Wütend und verzweifelt und es

96

war alles so ungerecht. Wie konnte er wieder hier sein? Er war den ganzen Tag im Kreis gelaufen, hatte seinen Körper zerschunden, war in der Kälte des Baches fast verendet, nur um bei der gleichen dreckigen Familie zu landen, die ihm diese ganze Scheiße erst eingebrockt hatte.

»Du wirst jetzt rausgehen«, sagte Markus. Seine Atmung wurde etwas ruhiger, auch wenn seine Lunge immer noch brannte. »Und du rennst so schnell du kannst zum nächsten Haus und rufst einen Krankenwagen. Hast du verstanden?«

Er wusste, dass die Mücke noch da war. Hören konnte er sie zwar nicht mehr, aber sie würde auf ihn warten. Sie hatte ihn gerochen und jetzt wollte sie ihn bis auf den letzten Tropfen leertrinken.

»Vielleicht sollte ich dich erst einmal verarzten, bevor wir einen Krankenwagen holen«, meinte Martha diplomatisch und ging einen Schritt auf Markus zu.

»Bleib stehen!«, schrie er, rannte blitzartig zum Tresen, packte das Messer und richtete es auf sie. »Bleib. Stehen.«

Martha blieb stehen. Ihre Augen füllten sich mit Tränen und ihr Körper begann zu beben.

»Bitte«, flüsterte sie heiser. »Tu meinen Kindern nichts.«

Markus atmete durch. Sein Kopf pochte. Sein Verstand schien zu zerbrechen. Durchhalten. Den Überblick behalten. Nicht mehr lange, dann wäre er hier weg, solange musste er sich zusammen-reißen.

»Werde ich nicht«, sagte er, ließ die Klinge aber nicht sinken. »Aber du wirst mir verraten, was hier gespielt wird.«

»Gespielt? I-Ich weiß nicht, was du meinst...« Die dürre Frau zitterte am ganzen Körper. Das Gesicht war blass und sie drückte ihren Sohn fest an sich.

»Bescheiß' mich nicht. Ihr alle im Dorf haltet eng zusammen und wisst, was abgeht, sonst wäre Ennersberg schon längst verschwunden. Nein, nein, du weißt, was ich meine. Wer hat mein Auto zerstört? Mich vergiftet? Was ist das für eine Krea-tur im Wald? Diese riesige Mücke?«

»Ich weiß nicht, wovon du redest«, hauchte sie und schüttelte immer wieder den Kopf, als würde sie unter Schock stehen. Tränen rannen ihre Wan-ge hinunter. Das Baby plärrte nicht mehr; es weinte mit abgehacktem Schluchzen.

Markus schrie wütend auf. Sein Körper schmerzte, er konnte nicht mehr richtig sehen, nicht mehr richtig denken, sogar das treue Unter-bewusstsein hatte ihn verlassen.

Er war müde, verletzt, hungrig, durstig. Er woll-te nicht mehr; konnte nicht mehr. Er wollte nach Hause zu seinem Sohn und seiner Frau.

Aber er konnte es nicht auf sich sitzen lassen, dass die Leute ihm alles nehmen wollten. Er brauchte die Wahrheit. Der Wald hatte irgendetwas mit dem Dorf und seinen Bewohnern zu tun, davon war er überzeugt. Wie sonst wäre er wieder hier gelandet?

»Stell dich nicht so dumm«, raunte er. Er kam noch einen Schritt näher, hielt das Messer mit gestrecktem Arm vor sich. »Sag mir, was du weißt.«

»Oh Gott!«, schrie Martha. Auch das Baby kreischte nun wieder.

Markus kam bedrohlich auf sie zu; seine Schritte jedoch waren zittrig, unsicher. Seine Beine ließen ihn jetzt doch noch im Stich. Er fühlte sie nicht mehr, so erschöpft waren sie. Ausgelaugt vom Laufen, von der anstrengenden Odyssee durch den Wald mit ihren furchtbaren, roten Buchen. Er fiel auf seinen Bauch und versuchte, wieder aufzustehen, wollte sich mit seinen Armen hochdrücken. Aber auch seine Arme wollten nicht mehr. Martha schrie und schrie.

Seine Lunge füllte sich und das Atmen fiel ihm immer schwerer. Das war okay. Denn auch der Kopfschmerz war plötzlich verschwunden, als hätte ein Wunderheiler einen Zauberspruch gewirkt. Die eiskalte Haut wurde warm, sein ganzer Körper in eine enge, flauschige Decke gehüllt, die alles von ihm abschirmte. Lärm und Schmerz, Terror und Wut und vor allem die Angst, seine Frau und seinen Sohn zu verlieren, verschwand. Alles war gut. Alles war friedlich.

Unweigerlich dachte er an Phillip. Er war ein

guter Junge. Der Teppich, auf dem er lag, fühlte sich weich an seiner Wange an. Obwohl er gar nichts mehr fühlen konnte, war trotzdem alles weich.

Und er dachte an Inga. Seine liebe, gute Frau. Es würde alles gut werden. Er musste nur nach Hause kommen.

Nur nach Hause.

Zu Inga.

15

Elmar blickte auf Markus hinab. Eine tiefe Wunde klaffte an seinem Rücken, hatte die Wirbelsäule zerteilt. Das Blut sickerte sofort durch den Stoff seines Shirts und benetzte den Teppich.

Er röchelte noch für einige Sekunden. Blut floss aus seinem Mund, während seine Augen glasig wurden und seine Lunge mit seinem letzten Atemzug noch einen Namen herauspresste.

»Inga.«

Elmar schluckte schwer und ihm wurde übel. Er blickte zu Martha und Henrik.

»Geht es euch gut?«

Sie nickte. Weinte. Hatte den ersten Schock überwunden und drückte sich an ihren Sohn.

»Und Fritz?«

»Schläft noch, denke ich«, flüsterte sie. »Vielleicht jetzt nicht mehr. Ich wollte nicht schreien, ich...«

»Es ist alles gut, Martha. Es ist vorbei.«

»Okay.«

Er blickte seiner Frau tief in die Augen. Sie hatte Angst, das sah er, aber nicht vor ihm, obwohl er gerade jemanden mit seiner Holzfälleraxt getötet hatte. »Es ist alles sicher, Schatz. Es tut mir leid. Ich hätte schneller da sein sollen.«

»Ist-...« Ihr Satz wurde von einem kurzen Schluchzen abgeschnürt. »Ist schon gut.«

Er stieg über die Leiche und drückte ihr einen Kuss auf die Stirn, streichelte mit der Hand, die nicht die Axt festhielt, über ihre Haare.

»Jetzt geh schon«, sagte sie und schniefte. »Ich setz mich ins Kinderzimmer und kümmere mich um die Kleinen. Klopf an, wenn alles fertig ist.«

»Ja, gut, ich sollte weitermachen.«

Elmar schritt durch die Haustür, durch die er gerade erst gekommen war und lehnte die Axt an die äußere Hauswand. Er wollte nicht, dass Martha sie noch einmal sehen musste. Grimmig biss er die Zähne zusammen, als er sich ausmalte, was Markus getan hätte, wenn er zu spät zurückgekommen wäre.

Mit dem Messer, seinem Baby, seiner Frau.

Gerne hatte er es nicht getan. Man ermordete keine Menschen aus Spaß. Markus hatte seine Frau bedroht, sonst hätte er es humaner gemacht und ihn nicht einfach hinterrücks geschlachtet. Immerhin schien er nicht viele Schmerzen gehabt zu haben und es ging schnell. Außerdem war es seine Aufgabe gewesen, seine Pflicht. Er würde das unangenehme Gefühl, jemandem das Leben genommen zu haben, noch ein paar Tage mit sich schleppen, da war er sich sicher. Ein bisschen Trübsal blasen, mit Martha darüber reden, den selbstgebrannten Schnaps von Erwin und Hermann trinken, dieses pelzige Gefühl von Tod im Mund spüren. Aber das schlechte Gewissen würde vorbeigehen. Wie immer.

102

Ächzend wuchtete er die Leiche über seine Schulter und ging nach draußen. Später würde er den Teppich verbrennen und die Dielen schrubben müssen.

Im Tiefdunkel der Nacht streifte er durch den Wald. Er kannte den Pfad, den er gehen musste. Leise nahm er das Surren der Mücken wahr und wusste, dass *er* ihn beobachtete. Dieses Wissen spendete ihm Sicherheit und Trost. Der Mord war notwendig gewesen.

Er legte die Leiche behutsam in das Loch, das er am Tage gegraben hatte, entzündete eine Öllampe und blickte Markus an. Sein Gesicht sah friedlich aus. Zerkratzt, abgenutzt, gestresst, ja, aber friedlich. Er hatte wohl eine Frau gehabt. Inga oder so. Vielleicht auch eine Tochter mit diesem Namen. Für sie tat es ihm am meisten leid.

Dann warf er einen Setzling hinterher, atmete kurz durch und schüttete das Loch wieder zu. Es dauerte seine Zeit. Elmar erledigte diese Arbeit still, konzentriert und pflichtbewusst. Auch der Wald war ruhig, bis auf das gleichmäßige Surren der Mücken, die um das Grab schwirrten. Keine von ihnen setzte sich auf Elmars Haut ab – wenn überhaupt, dann auf seine Kleidung und auch nur, um die Flügel auszuruhen – sein Blut tranken sie jedoch nicht.

Als er fertig war, blickte Elmar auf das festgeklopfte Stückchen Erde, das unauffindbar tief im Wald lag, umgeben von braunen und roten Buchen, Sträuchern und Blumen. Hier würde ein weiterer, schöner Baum seinen Anfang finden.

Elmar warf noch einen kurzen, bedauernden Blick auf das Grab.

Er hatte seine Pflicht erfüllt.

Schon als er auf dem Weg zu seiner Frau und seinen Kindern war, sprossen die ersten Wurzeln aus dem Setzling, angelockt von dem köstlichen Duft des Blutes. Sie krochen durch die lockere Erde, tasteten nach den weichsten Stellen der Haut, bohrten sich gierig in den toten Körper des Fremden, tranken seine Essenz, sein Leben, nahmen alles auf, was er gewesen war und hätte sein können.

Der Setzling wuchs in den nächsten Tagen zu einem Bäumchen heran, dann zu einem Baumling und letztendlich zu einer ausgewachsenen, starken Blutbuche; formte sich zu einer weiteren Ergänzung des Waldes.

Das rote Baumharz, das aus der Rinde troff, glitzerte im Licht der Sonne, stank nach Ende und Neuanfang. Es ernährte *ihn*, machte *ihn* stark, unbesiegbar, machte *ihn* göttlich.

16

Inga wurde am nächsten Morgen von Markus' Chef angerufen. Eigentlich war es nicht sein Chef, sondern eine Sekretärin für eine bestimmte Abteilung des Unternehmens, Personalmanagement oder die Außendienstabteilung oder vielleicht war es auch im Namen der Abteilung für menschliches Inventar und Leistungsfähigkeit, so genau hörte Inga nicht zu. Jedenfalls wurde Inga von einer Sekretärin angerufen, die nur kurz mit ihr sprach und sie dann mit einem Mann verband, der wohl so etwas ähnliches war, wie der Chef von Markus, wenn auch nicht der Unternehmensführer von 'Kohle für die Welt'.

Wann er denn zur Arbeit käme, wollte er wissen. Wo denn sein Bericht bliebe. Was ihm denn einfiele, keine Krankheitstage anzumelden und keine Arbeitsunfähigkeitsbescheinigung einzureichen, denn offenbar war er ja unfähig genug, um nicht zur Arbeit zu erscheinen.

Sie beantwortete die Fragen wahrheitsgemäß.

»Keine Ahnung«, sagte sie. »Das würde ich selbst gerne wissen.«

Weil der Chef, oder Abteilungsleiter, oder wer auch sonst das war, keine Zeit hatte, fragte er auch nicht groß nach, sondern legte nach einem kurzen Gespräch auf, ohne viele Fragen zu stellen und verbuchte die Fehlzeiten seines Arbeitnehmers Markus Baack als unbezahlten Urlaub.

Mittlerweile machte Inga sich nun doch Sorgen, als er weder geschrieben noch auf ihre Anrufe reagiert hatte. Also ging sie zur Polizei und stellte eine Vermisstenanzeige.

Zwei Polizisten, die Inga ein paar Fragen gestellt hatten, fuhren nach Ennersberg und verhörten die Bewohner des kleinen, zurückgebliebenen Dorfes. Aber da gab es nichts zu holen. Alle Dörfler sagten das Gleiche.

»Dieser Mann war hier gewesen, ja. Der hatte hier seinen Vortrag gehalten über Kohle und Graben und das ganze Zeug. Na ja, fanden wir nicht gut, können Sie sich vorstellen. Haben ihm unsere Meinung gesagt, dann war er beleidigt und ist wieder gefahren. Das war's.«

Die Polizisten glaubten ihnen, denn sie konnten weder Markus' Wagen noch sonst irgendwelche Anzeichen von Markus finden. Hätten sie drei Meter tief gegraben, hätten sie vielleicht das Wrack des Autos gefunden, das *er* in die Tiefe gezogen hatte. Und wären sie sechshundert Meter nach Osten gegangen, in den finsteren, mit roten Buchen befleckten Wald, und hätten dort gegraben, dann hätten sie Markus' Leichnam gefunden, an dem kräftige, rote Wurzeln gewachsen waren und sich lebendig um die Reste seines Körpers geschlungen hatten. Aber das taten sie nicht, denn die Ennersberger waren ein

106

ekelhaftes Volk, vor allem dieses eine Kind mit der Warzennase und der Bucklige mit den kloakenbraunen Stiefeln, und daher stellten die Polizisten ihnen nur ein paar Fragen zur Routine, machten sich dabei nicht einmal Notizen, stiegen etwa eine Viertelstunde nach Ankunft fluchtartig zurück in ihren Dienstwagen und fuhren davon.

Inga machte sich ein bisschen Sorgen. Nicht besonders große, aber ein wenig, denn es stellte sich die Frage, wer denn nun das Geld für Leben, Luxus und Kind auftreiben sollte. Zum Glück fand sich in ihrer sorgenvollen Trauerzeit ein guter, reicher Geschäftsmann, sodass sie sich nur zwei Wochen um den Verbleib ihres Mannes sorgte, nach dem Ablauf dieser Zeit aber beschloss, dass er wohl aus Scham und Unbeholfenheit seinem alten Leben entflohen war, vielleicht nach Serbien oder Vietnam, dieser rückgratlose Taugenichts, und es sich nicht lohnte, ihm noch weiter hinterherzutrauern und sich das schöne Leben mit Tränen zu verderben.

Dann reichte sie die Scheidungspapiere ein, denn sie war der Meinung, dass ihr Leben weitergehen musste.

Danksagungen

Danke an Devon.
Du trägst die Geschichte wie ein Stamm die Äste und Blätter trägt. Dank dir ist der Bonsai gewachsen wie ein Mammutbaum. Mögen sich deine Lungen stets mit frischer Luft füllen.

Danke an Lou.
Du verwurzelst das Buch, wie... wie die Wurzeln den Baum... verwurzeln...? Durch dein scharfes Auge hält es jedem Sturme stand.

Danke an Karo.
Bei den Früchten deiner Kunst kann ich nicht anders, als sie zu pflücken, bevor sie von der Zeit zerfressen werden und vergammeln. *Süß, saftig, blutig*! Einfach *geil*.

Danke an Kjartan.
Du erkennst den Wald trotz lauter Bäumen.

Danke an Maike.
Möge deine Axt niemals stumpf sein.

Über den Autor

Oliver Erhorn schreibt fies, spannend, sonderbar und erzählt kuriose Geschichten über eigentümliche Ereignisse.

Schon als Kind wurde er mit Hörbuch- und Hörspielkassetten beschallt, hat eigene Geschichten in seinen Kassettenrekorder gesprochen und später auch selbst Kurzgeschichten geschrieben, als Hörbuch und Hörspiel produziert und auf YouTube hochgeladen. Mittlerweile erfreut er sich allerdings eher an Büchern aus Papier zum Lesen, Anfassen und Riechen.

Oliver schreibt mehr als er muss, aber weniger als er will und vor allem nur dann, wenn eine seiner vielen Ideen länger als drei Minuten im Kopf bleibt.

Weitere Bücher von Oliver Erhorn

Odium
Eine Horroranthologie aus 100 Kurzgeschichten.
Erschienen 2018.
ISBN: 978-3748182429

Diversium
Eine Sammlung mit 16 Horror-Kurzgeschichten.
Erschienen 2020.
ISBN: 978-3751906333

Ein Fleckchen Finsternis
*Drei aufregende und merkwürdige Horrorgeschichten
vereint in einem spannenden Sammelband.*
Erschienen 2021. Auch als Hörbuch.
ISBN: 979-8729782727

Dr. Alan Bow und das Geheimnis der Ellenbogen
*Eine bizarre Novelle über die unmögliche Kunst des
Ellenbogenleckens.*
Erschienen 2022 unter 'Ollof Ollonski'.
ISBN: 979-8754171985